KB096389

B급 외고생

B급 외고생

최세윤 지음

일러두기

1. 출처 표기를 제외한 본문의 주석은 모두 작가가 직접 서술한 것이다.
2. 책 제목을 표기할 때는 겹꺾쇠표(《 》)를, 음악, 드라마, 영화, 뮤지컬의 제목이나 신문 기사 및 TV 뉴스의 출처를 표기할 때는 홑꺾쇠표(〈 〉)를 사용했다.

차례 Contents

책을 시작하며

이 책은 제가 지난 3년간 고등학교에서 겪은 경험과 여러 생각을 담은 글의 모음입니다. 제 기억이 완벽하지 않다 보니 일부 기억은 조금 부정확할 수도 있겠습니다. 책의 구성은 7개 질문으로 펼쳐지는 이야기 외에도 고등학생으로 생활하며 느낀 점을 담은 열 편의 시로 이루어져 있습니다.

저는 글쓰기로 상을 받아본 적도 없고, 국어 시간 외에 소설 쓰기나 시 쓰기를 배운 적도 없습니다. 따라서 조금 투박할 수도, 문장 구조가 어색할 수도 있겠습니다. 하지만 그 글에 담긴 제 마음은 진솔하다고 자부할 수 있습니다.

3년간 고등학교에서 생활하며 저는 저 자신을, 또 사회를 마주하는 기회를 얻었습니다. 제목은 거창하게 달았지만 나 자신을 마주하고, 또 학교라는 작은 사회를 마주하고, 또 그걸 통해 다시 사회를 바라본 지극히 주관적인 제 생각에 관한 얘기입니다. 어떤 점은 누구나 아는, 저만 몰랐던 점이었을 수도 있고 어떤 점은 누군가는 몰랐을 점일 수도 있을 것입니다. 따라서 글들은 바보였고 바보인 학생이 점점 덜 바보가 되어가는 과정을 담고 있습니다. 또 얘기하고, 함께 공유하고 싶던 생각과 사건이 발칙하게 쓰여 있습니다.

때론 과격하기도 하고, 조심스럽게 꺼낸 얘기들도 있기에, 학자도, 박사도 아닌 평범한 고등학생이 쓴 글이라는 것을 이해해주셨으면 좋겠습니다. 사실 이야기의 대부분은 제가 답을 찾지 못한, 아니 어쩌면 우리 사회도 아직 찾지 못한 주제일 것이기 때문입니다. 하지만 이렇게 써 내려가 본 생각들이 그래도 그 답에 가까이 가는 데 도움이 되지 않을까 하는 생각이 듭니다. 이런 제 이야기가 이 글을 읽는 누군가에게만큼은 와닿길 희망합니다.

프롤로그 _나를 소개합니다

난 3년간 고등학생이었다. 지금은 대학생이고. 난 20년 동안 살았으니까, 아직 아는 건 별로 없다. 어릴 때 나는 참 독특한 아이였다. 영재처럼 똑똑한 것은 아니었지만 유난히 책 읽는 건 좋아했다. 특히 국기와 국가 맞추는 책을. 그리고 내가 어린이집에 다닐 때는 한나라당 로고를 종합장에 그려서 팔에 두른 뒤 안방에서 춤을 췄던 기억이 난다. 당시 후보였던 이명박 대통령이 좋았다. 아무 이유 없이다. 정말이다. 노래가 마음에 들었다. 물론 정동영 후보, 권영길 후보 로고송도 부르고 다녔던 기억이 난다.

이런 내가 초등학교에 입학해서는 매우 얌전하게 학교에 다녔다. 공부를 나름 잘하는 편이었고, 바둑학원과 피아노학원에 다녔다. 허세를 부리려고 어려운 책을 골라 읽었다. 그런 기억도 있다. 저학년일 때, 아빠가 흡연하는 게 싫었다. 물론 지금도 싫지만, 그냥 그 냄새도 싫었다. '건강에도 안 좋을 걸 왜 하지?' 나는 포스트잇에 '금연'이라고 적고 길거리를 돌아다니며 담배 피우는 사람에게 그 쪽지를 전달했다. 빵집 앞에서 구두를 파는 아저씨에게도 마찬가지였다.

"아저씨, 이제 담배 피지 마세요, 그거 몸에 안 좋아요."

이 글을 쓰고 있는 10년 후에도 그분은 할아버지가 되어 담배를 뻑뻑 피우고 계신다.

6학년이 되었을 때 비로소 반에 나를 제외하고는 거의 모두가 스마트폰을 가지고 있다는 사실을 알게 되었다. 남학생들은 모두 다 '유희왕 카드'를 가지고 논다는 것도. 그때마다 '너희들과는 다르다'고 말하고 싶었는지는 모르겠지만, 결국 유희왕 카드는 했을지 몰라도 스마트폰은 사지 않았다. 다만 블랙베리 스마트폰을 사고 싶은 마음이 있었는데, 그 바람은 대학생이 되고 나서야 이루어졌다.

그리고 블랙베리 스마트폰을 산 지 며칠 안 되어 생산 중단 소식이 들려왔다.

중학생이 되었을 때 나는 책을 많이 읽는 소년이었다. 게임도 하지 않았고, 딱히 일탈 행동을 하지도 않았다. 친구들이 우르르 PC방으로 몰려가는 걸 볼 때마다 때로는, 아니 자주 소외감을 느끼기도 했다. 그럴 때마다 내 아집은 단단히 굳어져 갔다. 나는 달라. 남들과 다르다고. 그런 다짐은 후에 도움도, 방해도 되었다. 집에서는 흥겨운 발리우드 영화 OST를 듣고 외우는 게 낙이었다. 다른 생각이 사라졌기 때문이다.

이상하게도 자립을 하고 싶었다. 오로지 홀로 서는 것. 스스로 먹고, 스스로 입고, 스스로 머무는 것. 그렇게 방수용 천을 사서 텐트도 만들어보고, 활과 화살도 만들어보고, 옷도 만들어보았다. 음식도 만들었다. 지금에서야 깨달은 사실이지만 나는 그리 좋은 손재주와 요리 솜씨를 지니지는 못했다. 그래도 그런 노력이 있었기에 지금 그래도 어느 정도의 실력을 갖게 되지 않았나 싶다.

나는 남에게 나를 알리고 싶지 않았다. 그러나 남이 나를 알아주길 바랐다. 친구들이 나를 현명한 사람으로 알아주길 원했다. 혹은 반전 매력이 있는 사람으로 알아주길 원했다. 내가 자전거를 만들어보려고 철물점에서 내 키보다 큰 PVC 파이프를 들고, 또 목재상에서 버려진 합판을 들고 올 때 친구들이 나를 마주치길 원했다. 그러나 나는 아주 약간 4차원 성향이 있는 모범생 그 이하도 이상도 아니었다.

만드는 것과 공상하기를 좋아했던 나는 굉장히 위험한 면도 있었는데, 이는 즉 공상을 현실로 옮겨온다는 뜻이기도 했기 때문이다. 중학교 때 나는 어머니께 코트를 사달라고 졸랐지만, 어머니는 패딩 입으면 됐지 구태여 무거운 코트를 왜 사냐고 말씀하셨다.

"자꾸 그러면 내가 만들어 버릴 거야!"

그 이후부터 수업 시간에도 계속 코트의 디자인을 머릿속으로 그리고, 도서관에 가서는 디자인 북을 참조해보고, 엉성한 스케치 실력으로 공책에 계속 그렸다. 심지어 시험이 다가올 때도 그랬는데, 그런 나에게 애들은 쉬는 시간에도 공부하냐며 핀잔을 주었다. 더 뒤틀린 나는 더 열심히 그림을 그려댔고, 원래 중단했던 소설 쓰기도 일부러 자습 시간에 죽죽 써 내려갔다.

그런 내가 학교 시험공부를 격정적으로 했을 가능성은 찾기 힘들다. 물론 안 했다는 건 아니지만. 지금도 나는 내가 노력하는 스타일인지 재능 있는 스타일인지 모른다. 그러나 알면 뭐가 바뀌겠는가. 아무튼 영어를 잘하고 프랑스어를 배우고 싶던 나는 집 근처에 있던 외국어고등학교에 지원했고, 입학했다. 이게 16살까지의 내 설명이다. 그리고 위의 사람은 3년 동안 고등학교에 다녔다.

이제는 글을 쓸 때가 되었다고 판단했다. 뭔가 대단한 계기가 있다기보다는 지금 나는 고3 겨울방학이기에, 그것도 감기에 걸려 손가락을 움직여 할 수 있는 몇 가지 일을 해봐야겠나는 생각에 그랬다. 물론 그조차도 대부분 시간을 멍청한 영상을 유튜브에서 보며 지냈지만 말이다. 물론 내가 다니던 수학학원에서 알바생으로 일을 하기도 했다. 신기한 점은, 1년 전에는 내가 돈을 내고 그곳에서 자습을 했고, 지금은 내가 돈을 받고 그곳에서 자습을 한다는 점이다.

고등학교 3년을 어떻게 보내냐는 사람마다 굉장히 다르며 인생을 결정지을 수 있다고 말한다. 동의한다. 그러나 요즈음 누구나 그 시절을 손가락으로 공식을 끄적이면서 -수학 문제를 조금 풀기 위해서나, 스마트폰을 조작하기 위해- 쓴다는 사실 역시 자명하다. 내 고등학교 시절도 비슷했다. 차이점이 있다면 나는 폴더폰을 썼기에 스마트폰 대신 태블릿을 썼다는 점 정도?

어쩌면 내가 겪은 일들은 너무나도 특별한 경험들일지 모르겠다. 상상만 했던 일들인지도 모르겠다. 그렇지만 정말 그렇게 특이한 일들이었을까? 아니면 사실 너무나도 당연한 일이었을까? 판단은 내 몫이 아니다.

별난 경험을, 또 평범한 경험을 통해 나 자신의, 또 사회의 핵을, 그러니까 보편성을 파고들어 가 보려고 한다. 글을 써 보면서 사회가, 또 내가 몰랐던 부분을 다시 한번 살펴보고 싶다. 비록 필연적으로 실패한다고 하더라도 충분히 가치 있는 일이기에.

학교에
대하여

가장 별난 경험부터 얘기해봐야 하지 않을까? 이 모든 이야기의 배경, 우리 학교 말이다. 사람들은 우리 학교 이름에 '외국어'가 들어가 있는 것을 보고 '오, 외고!' 아니면 작대기 한 개를 빼서 '으... 외고'라고 흔히 말한다. 그러나 그런 이분법적 사고로 통통 튀는 우리 학교를 가두려 하지 마시길. 이번 이야기는 외국어고 얘기가 아니라 '우리 학교' 이야기라는 점을 명심해야 한다. 어느 정도길래 이렇게 할 말이 많냐고? 아니, 꼭 유별나서가 아니라 향후 모든 이야기의 배경이 되기 때문이다. 그럼 이 학교에 대한 얘기를 시작하겠다.

우리 학교를 소개합니다

내가 3년 동안 다닌 고등학교는 외국어고등학교였다. 이 외고는 누구든지 외고에 관해 관심이 있는 사람이라면 알 수 있는 곳인데, 다소 좌충우돌 B급 코미디 같은 면모가 있는 학교이기 때문이다.

외고에 다니면 모두 공부를 잘한다고 생각하지만, 전국에 있는 수많은 외고생은 겸손을 가장한 위선을 빼더라도 이러한 의견을 극구 부인한다. 이는 대학교에 어느 정도 순위가 있듯, 외고에도 보이지 않는 순위가 있기 때문이다. 애석하게도 많은 고등학교는 그 자료 자체가 임의적인 '입시 실적'에 따라 순위가 매겨지고, 그 점에서 안타깝게도 내가 다닌 외고는 입시 실적을 보면 딱 제국주의 시대의 이탈리아 같은 곳이었다. 이탈리아보다 힘이 세면 강대국이듯이, 우리 학교보다 입시 실적이 좋으면 가히 명문 고등학교라 부를 만했다. 외고에 진학해서 프랑스어를 배우는 꿈이 3년 동안 있던 나로서는 이곳을 크게 원하지는 않았지만, 이곳에 진학하게 되었다.

이 학교는 내게 완전히 새로운 무대였다. 나는 태어날 때부터 수만 채가 일렬로 정갈히 지어진 아파트단지에 살았고, 이 글을 쓰고 있는 지금도 그렇다. 횡단보도 하나 건너지 않아도 되는 곳에 초등학교, 중학교가 모두 위치했기에, 비슷비슷한 친구들이 모여 비슷비슷하게 놀았다. 그런데 고등학교 친구들은 달랐다. 물론 고등학교 인근의 몇 개 구에서 대부분이 왔지만, 학습 분위기도, 선행 학습의 정도도, 부모님의 소득 수준도 모두 다양했다. 관련 분야의 종사자(학생, 학부모, 학원 관계자)는 쉽게 알 수 있는 사실이겠지만, 서울 안에서도 수많은 차이가 있다. 심지어는 학교별로도 시험 난이도가 다 다른데 구 단위로는 또 얼마나 차이가 있을까. 내가 발견한 첫 번째 다른 점이었다.

구성원뿐 아니라 학교 자체가 나에게는 다르게 다가왔다. 사립인데 단설 학교였고, 미션스쿨이었다. 암갈색 벽돌의 공립 초등학교, 중학교를 나온 나에게 채색이 되어 있는 건물 외벽은 조금 낡았어도 충분히 새로웠다. 그러나 아직 25년 정도밖에 되지 않은 학교기에 분위기도 비교적 젊은 편일 것으로 생각한 건 오산이었다. 선생님들의 이곳 근무 연수 역시 24년쯤 되는 분들이 부지기수였으니 말이다. 사립 학교라는 사실을 나는 잊고 있었다. 그런데 사립 학교의 특징은 이것뿐이 아니었다.

애석하게도 사학을 부패의 온상으로 보는 것은 합리적인 의심이 되어버리고 말았다. 심지어 우리 학교는 그것으로 인해 매스컴에 등장한 바 있고, 내 재학 시절에도(아마 2018년이었을 거다) KBS 9시 뉴스에 갑자기 사학 부패의 예시로 등장해서 방송사에 유례없는 친밀감을 느낀 적도 있었다(그 내용은 사실 별다른 게 없어서 이상했다).

아무튼 그런 매우 보편적인(?) 부정적 요소를 제외하고서라도 이 학교는 나뿐 아니라 이 글을 읽는 분들에게도 새롭지 않을까 싶다. 이 학교야말로 앞에서 언급한 '특이함'의 총집합체이지 않을까 하는 생각이 드는데, 내가 재학하는 동안 위의 사례 외에도 뉴스 기사 4개의 대미를 장식해서 성공적인, 그러나 의미 없는 노이즈 마케팅을 했기 때문이다.

- 충격! OO외고 신입생 모집 인원 미달!
- 충격! OO외고 재지정 평가 통과!
- 충격! OO외고 시험지 유출!
- 충격! OO외고 스쿨 미투 발생!

이 중 몇몇은 다른 이야기에 소개된다. 너무 충격적인 제목만을 달아서 노파심에 말하지만, 우리 학교에는 좋은 점도 많다. 다만 '충격! OO외고에는 좋은 선생님 많은 것으로 밝혀져!' 이런 기사는 나오지 않았을 뿐이다.

돌아와서, 매스컴에서는 이런 유명세를 타고 있는 학교임에도 불구하고 몇몇 선생님들은 교실에서 왜 학생들이 학교를 부끄러워하는지 이해하지 못하셨다.

"우리 학교를 자랑스러워했으면 좋겠다."

'선생님, 저는 제가 이 학교에 다닌다는 점이 정말 자랑스럽습니다. 이 학교가 자랑스럽다는 건 아니고요.'

자랑스러웠다. 이미 유출된 시험지에 머리를 싸매고 모교의 이름이 계속 이어질지도 모른 채로도 3년 동안 학교에 다닌 내가 참 대견하고 자랑스러웠다. 물론 이런 냉소가 내 마음의 전부는 아니다. 사람은 원래 깎아내리는 데에 관심이 더 많으니까. 좋은 선생님과 좋은 친구를 만나며 수많은 것을 경험하고 수많은 것을 배우고 나는 실패했고, 성숙해졌다.

사장님, 학교 접으셔야겠는데요?

주접은 인제 그만 떨고 보편성으로 나아갈 필요가 있다. 우리 학교가 어떤 학교인지는 간략히 설명했으니 핵심으로 들어가서 분석을 통해 구조의 핵심을 찾아낼 필요가 있겠다. 학교의 명예도 많이 실추된 것 같고, 인기도 적어진 것 같다. 면밀히 검토해보자. 도대체 이런 학교가 된 이유가 뭘까?

고작 3년만을 학교에 다녔기에 자세한 것까지 모두 알 수는 없겠지만 그래도 쉽게 알 수 있는 특이점이 두 가지 있겠다. 첫 번째, 몇 년 전보다는 훨씬 덜 하지만 우리 학교는 그래도 소위 '입시 실적'이 높은 학교라는 점이다. 다시 말해서 두 번째 사실은 전보다 훨씬 입시 실적이 안 좋아졌다는 말이다. 그러면 다른 학교들과는 뭐가 달랐을까? 외고라서? 외고 같지 않아서? 그 점을 알아야 이런 특수성에서 공통점을 찾아낼 수 있겠다.

애석하게도 그것은 간단하다. 첫 번째 사실의 이유는 제도적 시스템에서 찾을 수 있다. 그리고 두 번째 사실의 이유 역시 제도적 시스템의 이점만을 가지고 있었다는 점에서 찾을 수 있다. 우선 제도적으로 외국어고등학교는 제2외국어를 다른 학교보다 훨씬 많이 가르치기에, 따라서 어문계열 진학에 유리하다. 또 특권인 학생 우선 선발권과 함께 보편적 권리인 대학 제출용 학생평가권을 가지고 있다.

말을 어렵게 해서 그렇지, 쉽게 말하면 학생 선발권은 적어도 우리 학교에서는 심사와 면접을 통해 선발한 학생들이 가서 좋은 면학 분위기가 조성된다는 점을 말한다. 참고로 이건 학교가 뭘 어떻게 한 게 아니라 외고라는 사실 자체만으로 부여된 이점임을 명심해야 한다.

그리고 대학 제출용 학생평가권은 내신 성적을 산출하고 생활기록부를 작성하는 권리로, 당연하게 모든 고등학교에 부여되는 권리다. 우리 학교의 경우 첫 번째는 후술할 미달 사태로 손상을 입었고, 두 번째는 입시에 관한 이야기에 나올 시험지 유출 사태로 인해 타격을 입었을 것이다.

왜 입시 실적이 좋았는지 가장 큰 이유가 제도적 차원인 것으로 드러났다면 두 번째 이유는 뭘까. 제도적 시스템이 다가 아니었다는 말이다. 그러면 제도적 시스템의 이점 외에 무엇이 부족했을까?

좋은 선생님, 훌륭한 교내 인프라 등은 모두 제도적인 차원이 아니라 실질적인 학교의 노력에 따라 갈린다. 일반고에서도 위와 같은 요소가 잘 되어 있다면 입시 실적이 좋을 수밖에 없다. 아무리 사교육이 판치는 세상이라고 해도, 입시 실적이 좋은 명문고가 존재하는 것은 위와 같은 요소들 때문이다. 그런데 우리 학교는 상대적으로 그런 것이 부족했다고 생각한다. 좀 더 자세히 들어가 보자고?

나는 비유하자면 이 OO외고라는 이름의 공장이 낙후된 설비를 교체하지 않은 채 달라진 원자재를 계속 공급받았다고 본다. 시대는 시시각각 변하는데, 공장은 변하지 않은 것이다. 그나마 원자재를 계속 공급받을 수 있던 것도 '외고'라는 이름이 법적으로 좋은 원자재를 선별한 혜택을 조그맣게 주기 때문이지 않았을까 싶다(바로 학생 선발권).

학생을 원자재 취급하는 비유가 조금 거북하게 느껴질 수도 있다. 물론 나도 학생 그 자체를 원자재로 생각하지는 않는다. 그러나 적어도 학생의 성적(때로는 생활기록 전체가 되기도 하지만)만은 분명 우유를 생산할 때처럼 극명하게 등급을 나누는 시스템이기에, 말 그대로 학교는 성적가공 및 검사업체의 역할도 한다. 따라서 이 점에서 학생의 성적과 역량은 잘 '가공'되어 출하되어야 한다.

안타깝게도 내가 보기에 공장의 주인들은 낙후된 설비에

대해서는 별 관심이 없었다. 공장의 어떤 근무자들 역시 마찬가지였다. 2018, 2019학년도 모집에 있던 신입생 미달 사태 이후 비로소 사신들(학교 측)의 설비가 엉망이었다는 것을 깨닫지 않았을까. 그러나 여기는 뭐 구조조정을 할 수 있는 상황도 아니다.

그러니 종합적으로 말해서 이 공장은 뛰어난 사업가가 아니었다. 나는 솔직히 사립 고등학교가 반드시 학생을 따스하게 인재를 길러내는 공익집단이 되어야 한다고 주장하지는 않는다. 이 경제 체제 안에서 사학은 얼마든지 존재할 수 있으니까. 공장마다 차이는 있어도 모두 비즈니스적 요소가 있다는 걸 우리 모두 안다.

그러면 장사를 잘해야 할 것 아닌가! 그런데 우리 학교는 그냥 사업에 젬병인 것이 틀림없었다. 2000년대 중반의 외고 전성기, 즉 회사가 잘 나갈 때 투자를 적재적소에 해서 좋은 원자재를 공급받고 노후화된 설비를 교체해야 했다. 그러나 내가 보기에는 그러지 않았다. 그러다 세월이 흐르고 설비가 노후화되며 점차 상품의 질이 떨어졌고, 그로 인해 원자재의 질이 나빠지는 악순환이 반복되었다. 원자재로서는 내가 더 좋은 상품으로 가공될 수 있는 곳으로 가고 싶지 않겠는가. 그 와중에 정부는 '악마 같은 유해공장이다, 고급 원자재를 독점하는 나쁜 기업이다'라며 입학 정원까지 강제로 줄였다.

급기야 원자재의 공급마저 줄어들자 자금줄이 막히기 시작했다. 최대한 많은 학생을 욱여넣어야 돈을 버는 게 학교인데, 학생이 줄어드니 당연히 문제였다. 게다가 노후화된 설비를 보고 기겁을 한 원자재들, 여기서는 좋은 상품이 될 수 없겠다고 판단한 나머지 대거 이탈해버리고, '편입'이라는 다른 공급처를 운용해서 추가로 원자재를 받아보지만 시원찮다.

당연히 공장 내 분위기는 암울해지고, 직원들은 지치고, 원자재들은 더 치열해지고, 좋은 상품이 될 통로는 더 좁아진다. 좋은 상품이 된다고 해도 자신의 공장을 자랑스러워하지 않는다. 학교를 불신하고, 졸업 후에도 학교를 다시 찾아갈 확률도 낮아지는 다른 악순환도 이어진다. 그들이야말로 좋은 상품이 되는 꿀팁을 가지고 있음에도 말이다. 불과 한 학년에 200명밖에 되지 않는 학생들이 외딴 섬 같은 학교에서 자신의 앞날을 찾기 위해 고군분투하는 모습이란!*

이 일련의 광경을 보며 원자재 중 하나로써 나는 이런 생각이 들었다.

* 외고의 2025년 일괄 폐지 소식이 들려오자 다시 외고 수요가 급증해서 2020학년도 모집에서는 우리 학교 경쟁률이 정원을 넘겼다. 결국 교육부가 외고의 마지막 불씨를 살린 결과가 되었다.

'학교가 학생을 돈으로만 보면 학생도 학교를 자판기로만 보는구나.'

때로는 암울함이 필요하다. 암울해야 무엇인가를 개선해야 함을 안다. 그런데 이 학교는 해맑았다. 현실을 보지 못하는 건지, 보고 싶지 않은 건지, 아니면 내 눈이 잘못된 건지 이 학교를 나오기 전까지는 알 수 없었다. 나온 지금으로서는 어떠냐고? 현재 생각으로는 둘 다다. 하하. 학교는 너무 해맑았고, 나는 너무 냉소적이었다. 그 경계를 알기가 어려운데, 오용하기 쉬운 말이지만 인도의 유명한 철학자 지두 크리슈나무르티가 했던 말을 참고해야 할 듯싶다.
'병든 사회에 잘 적응한다고 해서 정신적으로 건강한 것은 아니다.'

우리 학교를 상징적으로 보여주는 여러 장면이 기억에 남지만 대표적으로 입학한 지 반년 정도 되었을 때 겪었던 일이 생각이 난다. 그날은 당시 우리 학교의 외고로서의 존속 여부가 결정되는 교육청의 재지정 평가 결과 발표일이었다. 그날 나는 자발적으로(정확히는 간식을 주기에) 채플에 참여했는데, 그 채플에서 학교의 입학 담당 선생님께서 대표 기도를 올리셨다.

'지금 학교가 재지정이라는 위기를 맞고 있습니다. 하나님께서 우리에게 임하시어.......(후략)'

재지정에 대한 기원이 주요한 내용이었다. 너무나도 간절해 보이는 기도와는 다르게 나는 조금 의아했다. 마치 실력 대신 '신(神)력'으로 승부하는 느낌이었다. 나는 기독교나 종교 자체에 대한 악감정이 없다. 그리고 물론 그 기도 자체는 적재적소에 들어맞는 것이었다. 하지만 기도하신 선생님과는 별도로 왜 이 지경이 되었는지 학교의 상황을 학교가 알았는지는 의문이다. 오히려 하나님께서는 이 학교가 어떤 일을 했었는지 지켜보시면서, 기존에 있던 과오를 돌아보기를 원하지 않으셨을까. 다행히도 채플이 끝난 이후 인터넷 기사로 지역 교육감님이 재지정 취소를 하지 않겠다는 인터뷰가 실렸다.

절대 건드려서는 안 되는 것

애석하지만 급식은 학교 재정이 그리 건전치 못함을 드러나는 가장 큰 요소 중 하나였다. 마치 2019년도에 있던 칠레의 반정부 시위를 이끈 것이 지하철 요금 인상이듯 아무리 등록금을 올려도 참던 학생들을 분하게 만든 것은 급식 질을 낮춘 것이었다. 시리아 내전의 간접 원인이 그해 러시아의 밀 농사 실패라는 분석이 있을 정도로 밥은 중요하다. 하물며 그런 식사의 삼 분의 일인 중식과 때로는 석식까지 책임지는 급식은 학생에게 실로 알게 모르게 매우 매우 중요하다. (농담 아니다!) 괜히 우리가 급식충 소리를 들었을까.

그런 측면에서 내가 먹었던 급식은 학생들의 에너지원을 줄여 공부를 덜 하게 만드는 또 하나 최악의 설비(?)였다. 급식의 질은 상대적이니 다른 학교와는 굳이 비교하지 않겠다. 하지만 같은 학교 안에서도 달라졌다면? 사실 1, 2학년 때까지는 괜찮았다. 비록 짰지만 먹을 만했다. 문제가 된 것은 3학년이 되면서 3학년에게 시범으로 무상급식이 이루어지면서부터였다. 사실 표면적으로 보아서는 그만큼의 지자체 지원금이 학교로 오는 거니까 급식의 질이 바뀔 리 전무했다. 그런데 바뀌었다. 눈에 띄게.

우선 밥의 양이 줄었다. 아무리 여학생이 70%를 차지하는 학교라고 해도 과하게 조금 주었다. 밥부터 줄여보자는 심산이지 않았을까 하는 추측은 내 음모론이길 빈다. 그리고 무엇보다 같은 반찬인데 맛이 달라졌다. 예를 들어 케이준 치킨이 나왔다면(급식 먹은 세대가 아니라면 닭튀김을 생각하면 된다) 기존에는 안에 닭살이 들어 있었지만 3학년 때는 튀김가루가 들어 있는 식이었다(닭이 없는 닭튀김). 게다가 학교가 돈이 있을 때 황도 통조림을 잔뜩 사다 놓았었는지 자꾸 반찬으로 나왔다. 뭐 나야 나쁘진 않았지만 어쨌든. 그리고 핫도그에 도대체 왜 딸기잼이 나왔는지는 아무리 착오였다고 해도 의문이 든다.

급식 메뉴 이름은 거창한데 내용물은 점점 초라해져 갔다. 밥을 짓는 게 아니라 이름을 짓나. 물론 우리 학교 조리종사원 선생님과 영양사 선생님은 천사 같은 분이셨다. 오해하지 마시길. 나도 이런 이유까지는 캐보지 못했다. 아무튼 예전 이사장님께서 급하게 으리으리하게 지으신 생뚱맞은 분위기의 식당에서 역시 같은 돈으로 샀을, 꺼져 있는 TV의 빈 화면만 보며 쓸쓸하게 밥을 먹어야 했다.

조금 재미있는 사실은 다행히도 매점에 먹을 게 많아져서 학생들이 매점에서 배를 채울 수 있게 되었다는 점이다. 물론 매점 매출을 동시에 올리려는 학교의 계략이라고 보기에는 너무 망상에 가깝지만 어쨌든 그 돈도 학교에 가는 것은 맞다. 2학년 때 교감 선생님께 매점 개선을 위한 매점 협동조합화를 제안드렸을 때도, 그것이 어렵다고 하셨던 가장 큰 이유는 수익과 관련된 문제라는 이유에서였다. 아무리 학교에 학생이 쪽수가 많아도 안 되는 데에는 이유가 있다. 학교는 무기한으로 계약을 하고, 우리의 교복은 3년 만기니까. 그렇게 모든 게 흘러간다.

3학년 때 담임 선생님이 내거신 급훈은 '밥값을 하자'였다. 먹은 만큼 공부하자는 뜻이었다. 그러니 원래도 말랐던 나는 그 급훈을 지키기 위해 속으로 대답했다.

"네 선생님, 밥값을 할게요. 그러려면 저는 밥을 먹어야겠네요."

소심했던 나의 학생회장 선거 도전기

나는 어렸을 때부터 집에서 종종 웅변하는 흉내를 내보곤 했다. 뭔가 큰 인물이 된 것 같기도 하고, 멋있어 보이기도 했다. 그렇지만 현실에서는 그러지 못했다. 사춘기를 거쳐오며 더 내성적으로 변했고, 학급회장 정도를 친구들의 추천을 받아 해봤을 뿐이었다. 그마저도 서로를 잘 모르는 1학기에 대부분 했을 뿐이었고, 조금은 부담스러웠다. 중학교 때는 학생회를 해보라는 제안도 있었지만, 어차피 학교 행사에 불려가는 일꾼이나 될 거라는 생각에 하지 않았다. 그래 놓고서는 학교에 불만이 있을 때 속으로 욕하던 나는 어쩌면 비열한 학생이었다.

그런 나에게 학급에서 청일점이라는 점은 내 이름과 얼굴이 다른 반에도 알려지는 기회였다. 비록 인사뿐이었지만 아는 친구들이 늘어났고, 마침 1학년 때에 학생회를 뽑는다는 소식이 들려와 지원했다. 비록 내가 아는 그 '노동회'였지만, 그래도 나름대로 열심히 일했다.

동시에 처음 느껴본 사립 학교의 비효율성이 너무 이상해 보였다. 학교뿐만 아니라 학생들도 마찬가지였다. 선배들은 뭔가, 대학교에 대해서만 생각하고 지금 당장의 생활에 대해서는 크게 중요시하지 않는다는 느낌이었다. 학생회를 하든 동아리를 하든 죄다 대학 입시에 유리한지를 먼저 따지는 듯했다. 물론 나도 대학 입시에 유리한 걸 하는 데에 잔머리가 있는 사람이었다. 그러나 그런 이야기는 만들어지는 것이지 만드는 게 아니라는 걸 깨닫는 잔머리도 있었다. 이 현실에 뭔가를 하고 싶다기 보다는 해야 한다는 생각이 앞섰다. 곧이어 '전교 회장을 하면 될까?' 하는 생각이 들었고 내 수첩에는 곧바로 공약까지 적혔다.

그리고 1년이 흘렀다. 아무리 기회가 열려 있었어도, 내 인맥 그릇이 그 많은 친구를 담기에는 너무 적었다. 당연히 회장 선거에 대한 자신감도 떨어졌다. 여전히 뭔가 학교가 너무 엿 같다고는 생각했고, 2학년 때에 학생회에 다시 지원하면 되겠다는 생각이 들었지만, 1학년 때 해봐서 잘 알고 있었다. 일반부원에게는 아무런 결정 권한이 주어지지 않는다는 것을.

그때 오케스트라 동아리 친구 한 명과 얘기를 나눴다. 나와는 매우 다른 성격으로, 어떻게 보면 좀 심하다 싶을 정도로 용감한 친구였다. 그 친구 역시 1학년 때 학생회였는데, 자신은 선거에 나갈 거라고 했다. 좀 무모하고 엉뚱해 보이는 그 친구의 발언에 나도 급발진이 왔다. '그래, 나가버리자. 언제 이런 기회가 오겠어.'

인맥이 없던 나로서는 선거 운동을 같이할 친구를 구하는 것조차 망설여졌다. 우리 반에서만 한 친구가 나가겠다고 했기에 나를 일방적으로 도와주기도 어려운 상황이었다. 다행히 몇몇 친구가 나에게 손을 내밀었고(투자가치를 알아본 놀라운 친구들), 선거 운동을 같이하기로 했다.

다음은 공약이 문제였다. 이상주의자였던 나는 처음에 공약은 단 한 가지, 학생과의 소통창구를 만들어서 의견을 많이 수렴할 수 있도록 하는 것으로 잡았다. 그러면 굳이 공약을 내가 먼저 정할 필요가 없지 않은가. 건의를 들어서 더 많은 일을 할 수 있고. 그렇지만 이런 공약은 너무 비약적이었다. 주위에 친구가 적었지만 그래도 있을 친구는 다 있어서 그랬을까. 그나마 현실적이던 내 친구가 조언해줬다. 그렇게 추상적이면 아무도 뽑지 않을 거라고.

결국 고민 끝에 이외에도 여학생 넥타이 자율화와 중고 책 장터 개설을 공약으로 내걸었다. 당시 여학생 넥타이는 나비 넥타이였는데, 너무 목을 꽉 조인다는 비판이 있었다. 중고 책 장터는 내 아이디어로 버려지는 문제집이나 도서를 학교 한 공간에 모아두고 거래할 수 있도록 하는 제도였다. 내가 당시 보기에는 밋밋해 보였지만, 사실은 저 두 개도 해결 기간이 연장되며 제대로 끝내지 못했다(진심으로 죄송합니다 엉엉). 다행히 내 원 공약은 대의원회의와 잦은 학생회 회의를 통해 성사시켰지만.

친구는 별로 없어도 다시 한번 말하지만, 잔머리는 많이 굴리는 편이었다. 따라서 이 조그마한 학교에서도 정치공학적인 접근을 하기로 했다.

'이미 후보가 8명이기 때문에(모두 2학년임) 2학년을 노리는 것은 아무 의미가 없다. 그러면 1학년이나 3학년인데 1학년은 그냥 인상이 좋은 애를 뽑을 것 같고 그럼 답은 3학년이다! 학교 행사에 거의 참여하지 않는 3학년은 별 탈 없기만을 바란다! 그러면 우선은 무난한 스타일로 가고, 1, 2학년들에게는 어필할 수 있는 점을 어필해보자. 뭐 남녀를 모두 이해할 수 있는 학생이라든지, 전공어과에 크게 상관없는 사람이라든지. 어차피 내가 속한 프랑스어과는 인원이 너무 적으니까 고정 지지층이 전무하기 때문에....'

내 가장 큰 장점이라면 장점은 내가 적을 만들지 않았다는 것이었다. 애초에 만들 성격이 당시에는 특히나 더 못 되었다. 그래서 선거 운동 기간에 낯을 많이 가려서 소극적이었던 나와는 달리, 주변의 내 다른 반 친구들이 내 이름을 외치고 다녔다. 덕분에 힘도 얻었고, 나도 사실상 연설문에 더 힘을 쏟게 되었다.

그냥 일개 학교의 회장 선거였지만 연설문에 온갖 디테일을 넣었다. 발성은 조금 엄격하다가 절실한 목소리로, 교복에 달린 학생회나 동아리 배지는 모두 떼고, 그냥 단정하게 하자는 것이었다. 특정한 과, 동아리, 학생회 출신을 대표하는 것이 아니라 모두가 입는 교복만을 대표하겠다는 나름의 상징(?)이었다. 거기에다가 작년에 심심해서 만들었던 우리 학교 로고를 그린 태피스트리를 활용하기로 했다.

나는 기호 8번으로 꼴찌였다. 앞의 친구들이 귀여운 춤을 추거나 노래를 부르는 것을 보고, 또 온갖 배지를 달고 나오는 것을 보고 짐작했다. '음, 각이다. 좋은 기회다.' 그리고, 내 생애 처음으로 연설을 했다.

'전공어, 학년, 성별에 따른 차별이 없는 학교를 만들겠습니다!'

결과는 내 의도와 다른 방향으로 흘러갔다. 확실히 힘과 야수성이 부족했던 내 절실함은 3학년에게 울먹거림으로 비추어지고 말았다. 다시 말해 내 기운이 그들에게 그냥 흡수되어 버렸다는 뜻이다. 반면 똘망똘망한 1학년에게 오히려 진지하다는, 외고 격에 맞는 후보라고 비친 것 같다. 연설 다음날 투표가 진행되었고, 개표 결과 결국 2등으로 부회장에 당선되었다. 여담이지만 놀랍게도 3등의 표는 동수가 나왔고, 재투표를 진행한 끝에 내게 출마의 용기를 주었던 그 오케스트라 친구가 당선되었다.

스스로 뿌듯했다. 포스터를 제작을 맡긴 것도 아니고(친한 친구가 해줬다), 뭔가 돈을 쓰지도 않았는데(물론 학교에), 당선이 된 걸 보고 이 학교가 아주 썩은 건 아니구나 하는 생각이 들었다. 이미 작년 전교 회장 누나에게도 정말 학교에서 회장단에게 돈 걷는 거 아니냐고 재차 물었기 때문이다. 분명 아니라고 했기에 믿고 지원한 것이었다. 물론 학교에 돈을 낸 건 아니었다. 다만 새 학생회 배지 비용을 세 어머니께서 더치페이하셨다는 얘기를 들은 건 나중의 일이었다.

동시에 선거 개표가 이루어지던 당일 많은 친구로부터 연락이 왔다. 축하한다는. 개중에는 심지어 나한테 번호가 없는 친구들도 있었다. 그때까지만 해도 나는 순진해서 모르고 있었다. 개중 몇몇은 지금이라도 나에게 연락해서 학생회 부원이 되는 데 유리해지려고 연락을 했다는 사실을. 다행히도 고마운 대다수 내 친구들은 내가 회장단이 된 학생회에 지원하지 않는 걸 택했다. 이 조그만 학교 학생회 활동해서 생활기록부에 기록 많이 남기는 게 그리 대수라고 저렇게까지 1년 내내 연락 한번 없던 친구가 문자를 장문으로 보내나 싶었다. 생활기록부 채우는 방법이 이것만 있는 것도 아니고. 그러나 이는 동시에 책으로만 세상을 보던 나에게 학생회 일로써도, 또 다른 일로써도 앞으로 거대한 폭풍이 기다리고 있음을 예고하는 암시와도 같았다.

XX구청장님과의 악연(?)

이번에는 조금 다른 얘기를 해보고자 한다, 고등학생이라면 한 번쯤은 대외활동을 해볼 수 있다. 봉사활동이 아닌 이상 생활기록부에는 작성될 일은 없지만, 혹시나 하는 '특기자 전형'을 준비하거나 그냥 흥미로워서 나가게 되는 경우가 있다. 나 역시 마찬가지였는데, 이때 있던 XX구청장님과의 재밌는 에피소드가 있어서 적어본다. 물론 그분은 나를 전혀 모르시겠지만.

내가 다닌 학교와 내가 사는 곳은 구가 다르다. 내가 사는 곳은 00구지만, 학교는 XX구다. 00구의 학교만 다녀본 나로서는, 비록 서울이라 할지라도 고향 같은 곳이라고 할 수 있다. 두 구는 하천 하나를 두고 갈라져 있어서, 등교할 때마다 넘실대는 강물이 자꾸만 슬퍼지기도 했다.

사족은 이쯤에서 그만하기로 하고, 학교 얘기로 돌아가 보자. 2학년 2학기에 XX구에서 한국외대와 협업하여 XX 외국어 축제를 열기로 했다는 공문이 학교로 날아왔다. 부스 신청도 받았는데, 용감한 내 반 친구가 신청해서 고등학생으로는 유일하게 그 축제에서 부스를 열게 되었다. 우리는 프랑스 문화 체험을 주제로 해서 프랑스 동화 퍼즐 맞추기, 바게트 시식 행사, 미니 펜싱 게임, 프랑스 상식 퀴즈 등을 준비했다. 뭐든지 열심이던 우리는 예산을 거의 남기지 않고 사용하는 것을 목표로 했다. 내가 맡은 펜싱 게임은 사실 우비를 쓰고 장난감 칼에 보드마카를 이어붙여서 콕콕 찌르는 게임이었다. 유치해 보이지만 이 축제는 어린아이가 주 타깃이기에, 충분히 재미있었다.

눈이 내리던 행사 당일, 준비물을 챙겨서 높기만 한 XX구청까지 걸으며 갔다. 인구는 분명 00구가 더 많은데, 구청 높이는 XX구청이 3배쯤 되는 게 의아하기는 했다. 아무튼 부스로 가서 펜싱 체험을 하다 보니 극악으로 힘들었다. 부스가 재밌는 만큼 아이들이 몰려들었고, 생각보다 체력소모가 심했다. 처음에는 재밌게 했던 펜싱이 시간이 갈수록 어서 빨리 찔려서 이 게임을 끝내고 싶단 마음만 남았다.

때마침 우리 프랑스어 선생님이 먼 곳에서 격려를 위해 방문하셨고, 바게트를 드시면서 한참 화기애애할 무렵, 그분이 나타나셨다. 수행원 몇 명과 함께 푸근한 인상의 XX구청장님이셨다.

오호라, 나는 이미 한 번 그분을 뵀다. 몇 개월 전, 교내 영어 토론반에 들어갔다가 얼떨결에 XX구 청소년 토론 대회에 나갔을 때다. 그때 나는 완벽한 준비로 만 18세로의 선거연령 하향에 대한 만반의 준비를 한 상태에서 토론에 임했지만, 동상을, 그러나 그건 최하위였기에 사실상 꼴찌를 했다. 결과에 의아함을 품고 있던 그때, 지역의 JJ고가 최근 5년간 이 토론 대회를 휩쓸었다는 얘기를 들었다. 이 토론회 몇 개월 전부터 팀을 꾸려서 엄청난 연습을 시킨다는 말이었는데, 기말고사로 인해 일주일 전부터 힘들게 준비했던 나로서는 짜고 치는 고스톱에 당한 기분이었다.

'겨우 XX구내 대회에서 이런 치욕을 맛보다니….'

다시 축제 부스로 돌아와서,

"아유, 여기 OO외고 학생들도 있네. 아 선생님이세요?" 구청장님의 말에 선생님도 화답했다.

"예."

"이번에 VV고에서는 수능 만점자가 나왔다던데 OO외고는 소식이……?"

순간의 싸함이 0.5초 정도 감돌고 당찬 성격의 소유자셨던 선생님은 '아하, 뭐' 이런 표정을 지으셨다. 두 분만이 분위기를 경직시키지 않았다. 우리도 마찬가지였는데, 나도 갑자기 속으로 욱하는 마음이 생겼다.

'뭐!!? VV고는 우리 학교 인원 두 배에다가 정시로 원래 많이 보내는 학교거든!! 우리는 수시가 유리해서 그런 거고! 우리 학교는 구청으로부터 지원도 안 받고 잘만 해오고 있구먼! 지금도 XX구 축제에 와서 힘들게 봉사하고 있구먼! 지금 우리 부스가 제일 인기 많은 거 안 보이시나…….(빠직)'

"구청장님, 펜싱 한판 하시죠. 펜싱"

싸한 분위기 속에서 능글맞은 그 말이 내 입에서 튀어나왔다. 이제 당황은 구청장님 몫이셨다. 어음, 어음 하시다가 결국 수행원이 사진이나 찍자고 해서 구청장님과 사진을 찍었다. 지금까지 내가 다닌 고등학교를 비판만 하다가 왜 갑자기 두둔하냐고? 미안하지만 비판이야말로 학교에 관한 관심과 애정의 상징 아니던가? 진실로 나는 누구보다 애교심(愛校心)이 넘치는 사람이다.

구청장님께 복수할(?) 기회는 뜻밖에 찾아왔다. 3학년 때에도 앞에서 말했던 그 토론 대회에 참가하게 된 것! 이번에는 철저하게 계산을 했다. 주제는 저번과 마찬가지로 찬성 측에 유리한 거였다. 발제를 구청장님께서 하셨다고 했는데 굳이 구태여 고르신 것이 5·18 민주화운동 관련 역사왜곡처벌법에 관한 것이었다. 하 조금은 속 보이는 주제였다. 구청장님은 찬성 측일 가능성이 매우 컸기 때문이다. 따라서 결승에 찬성 측은 JJ고 팀일 가능성이 컸다. 그렇다면 불리하더라도 반대를 택해야겠다! 찬성을 원하던 나머지 두 팀원을 설득해서라도 반대 측을 준비하기로 했다. 그만큼 작년의 기억이 생생했다.

당찬 의지와는 반대로 토론 준비는 조금 게을렀다. 법 문제에 크게 관심이 없었기 때문이기도 하고, 역시 생활기록부에 기재되는 토론은 아니었기에 작년보다도 건성건성 했다. 그래야 떨어져도 후회를 덜 할 것 같았다. 그렇게 토론에 임했고, 생각보다 다른 학교의 공격은 무뎠다. 특히 내 잔머리 발동이 그래도 큰 힘이 되었다. 의제를 비꼬는 것으로, 대안을 제시하고 찬성의 문제점을 물고 늘어지는 방식이었다. 예를 들어 동성결혼 합법화에 반대 입장이 되었다면 동거 제도 같은 대안을 제시하거나 자칫 섣부른 합법화가 동성애 혐오가 더 확산할 수 있음을 제시하는 것처럼 말이다. 이 의제에도 비슷하게 접근했다.

다행히도 찬성 측은 예상했던 대로 JJ고가, 그리고 반대 측은 우리 팀이 결승에 올라가게 되었다. 후 쉽게 평정심을 유지하지 못하던 나는 무척이나 논리적이지만 꼬인 말투로 말했다. 덜덜 떨리는 목소리에 '찬성 측'이라고 말해야 하는데 계속 '저쪽'이라고 말했다.

그것과는 또 다르게 토론의 수준은 그리 높지 않았는데, 마찬가지로 찬성 쪽에서 우리 주장에 대한 별다른 반박을 제기하지 못했기 때문이다. 증명 책임이 찬성 팀에 부과되어 있는 데에 반해, 우리의 공격에는 다소 소극적으로 대처했다. 그렇게 우승은 허무맹랑하게 우리 팀의 차지로 돌아갔다.

토론 과정을 거의 지켜보시지 않은 구청장님이 시상식을 위해서만 뒤늦게 참석하셨다. 어느 쪽이 승리했는지조차 잘 모르셨겠지만, 나로서는 소소한 복수를 한 셈이다. 그러나 막상 우승한 후에 안 사실이지만, 내게 주어지는 것은 메달과 팀당 하나씩 주어지는 트로피 그리고 '대상'이라고만 적힌 패널이 끝이었다. 문화상품권이라도 끼여져 있으면 좋았으련만. 그렇게 내 복수극과 토론 대회 경험은 무보수 명예직으로 끝나게 되었다.

계급에
대하여

이 질문과 주제는 정말-집에 돈이 없으면 대학가기는 훨씬 힘들어졌을까?-다. 누군가는 그렇다고 말하고, 누군가는 그래도 괜찮은 편이라고 말한다. 사실 어디에도 진실은 없을 거다. 우리 모두 경험한 게 다를 것이기 때문에. 그래도 내가 경험한 것을 토대로 내부자로서 말할 수 있는, 말해야 하는 것이 있지 않을까 생각한다. 이 경험담조차도 허접하겠지만, 그래도 분명히 돌아볼 점은 있을 테니까.

사회가 만든 지옥 세트장

계급. 이런 선동적인(?) 단어를 붙인 까닭은 단지 내가 고등학교 3년을 살면서 크게 주목했던 만큼의 표현을 쓰고 싶었기 때문이다. 한국의 교육은 비정상적임을 모두가 말하면서도 결국 아무도 그것을 바꾸지 않는 것이 현실이다. 학교 교사도, 학부모도, 학생도, 학원도 모두 안다.

그러나 나는 지금까지의 한국 교육을 그렇게까지 부정적으로 보지 않는다. 평등하지 않다고 소리치는 사람들도 많이 보았고, 이들 다수는 프랑스나 핀란드 같은 유럽의 일부 국가 교육 시스템을 신나게 칭찬한다. 또 어떤 사람들은 개천에서 용이 나는 시대는 저물었다고 말하고 누군가는 낙후한 동네에서 태어나도 공부 열심히 하면 잘 먹고 잘사는 나라를 만들겠다고 말한다. 각자 의견과 해결책은 다양하겠지만 나는 사람들이 그래도 현실 감각이 있기에 그런 공감대가 형성되었다고 생각했다.

그러나 중학교 3학년 때 읽은 한국 교육 100년을 보고 쓰셨다는 조정래 작가님의 책 《풀꽃도 꽃이다》를 읽으며 그런 기대는 뒤틀리기 시작했다. 한국 문학계의 거장이신 것과는 별개로 한국 교육을 분석했다는 그 책은 특정 집단의 개혁 방안 예시를 그대로 옮겨 놓지 않았나 하는 느낌이 들었다. 어색하게 학교 현장을 되살리려 한 흔적, 586세대 특유의 내 세대와 구별되는 젠더의식, 혁신학교에 대한 찬양이 돋보이는 작품이었다. 마치 할아버지가 자식 교육에 열성인 '헬리콥터 맘'을 보며 훈계한다는 느낌을 받았다. 그러나 내가 경험하고 있는 학교생활과는 아주 달랐다. 아직도 우리 사회는 잘 모르는 걸까?

그래서 까놓고 말하겠다. 어차피 이 문제에 정답을 맞힌 사람은 없었으니까. 미안하지만 내가 보기에 입시를 가장 잘 아는 사람은 학생과, 학원 관계자와 학부모다. 교육부, 교육청, 교육학과 교수가 아니다. 또 수능은 무슨 무작정 암기하는 시험인 줄 착각하는 사람들이 많은데, 본질적으로는 생각하는 능력을 갖춰야 잘 볼 수 있다. 앞으로 미래 교육에 적합한 시험이냐고 물으면 솔직히 아니라고 답하겠지만 그렇다고 어른들이 봤던 자신들의 '달달 외우는' 학력고사식 시험도 아니다.

더 까놓고 말하겠다. 한국만큼 교육이 계층 사다리로써 잘 작용하는 나라도 드물다. 미국? 그곳만큼 교육이 계층화된 곳이 있을까? 프랑스? 바칼로레아로 사고력을 잘 시험한다고? 게다가 아주 저렴한 학비의 대학이 심지어 평준화되어 있다고? 대신 그랑제꼴이라는 엘리트 양성 제도가 있다. 유구한 교육제도와 잘 갖추어진 교육제도가 있는 것은 맞다. 거기도 슬럼가 자녀는 그대로 기술 학교를 간다.

핀란드 얘기는 이제 그만 듣고 싶다. 핀란드는 우리만큼 소득 불평등이 높은 나라가 아니다. 우리나라처럼 정권 바뀔 때마다 전 부치듯이 정책을 뒤엎는 나라도 아니고(그곳은 교육위원회가 따로 존재한다). 교사 제도도 다르다. 핀란드를 본받자는 교사분께서는 핀란드처럼 다시 교육기관 가서 3년 동안 다시 교사 이수 받으며 석사 과정 공부할 생각이 있으신지 묻고 싶다.

그에 비해 한국은 학생들의 지옥으로 비친다. 뉴스나 신문에는 OECD 국가 중 청소년 자살률 1위니 뭐니 하면서. 참고로 사실이 아니다. 놀랍게도 우리나라의 청소년 자살률은 핀란드보다 낮다. 그러면서 뉴스에서는 항상 학생들이 즐비한 대치동 학원가를 비춘다. 아니 뭐 학생은 대치동에만 사나? 우리도 웃고 떠들고 즐기면서 산다. 예전만큼 공부만 잘한다고 해서 뭐가 되지 않는다는 걸 안다.

공평하게 교육받고, 공정하게 시험 쳐서 열심히 노력하는 게 이기는 것도 당연하다. 천국은 어디에도 없다. 이런 환경을 만들어서 우리 어른들이 미안해, 라고 하지만 자기들은 어쩔 수 없다고 한다. 사회가 그런 것이라고. 그런데 도대체 이런 교육 사회는 그럼 누구 작품인지.

노력하자! 그런데 무엇을 어떻게?

그런데 이걸 얘기하고 싶은 건 아니다. 이제 그 계층 사다리가 없어지고 있다고 얘기하고 싶은 거다. 조금씩 조금씩 무너지고 있다고 얘기하고 싶은 거다. 도전하는 학생이 결코 나아가지 못하게 만들고 있다. 다양한 문제가 있겠지만 교육의 가장 큰 사회적 기능 중 하나인 공평한 기회와 빈부격차 감소에 대해 말하고 싶다. 앞에서 말한 것도 내 생각이지만 지금 얘기하는 것도 솔직한 얘기다.

우리 학교는 앞에서 말했듯이 외고지만, 그리 선호도가 높은 학교는 아니었다. 구성원을 보자면, 아주 부자인 사람도 많지는 않고, 당연하지만 가난한 사람은 거의 없다. 그래도 등록금을 빠듯하게나마 낼 수 있는 사람들이 다녔다. 노파심에서 말하지만, 제도적으로 가난한 사람이 외고에 다니는 것은 매우 가능하다. 다만 학원비까지 국가가 주지는 않을 뿐. 다른 고등학교도 이 점에서는 마찬가지다. 빈부격차에 상관없이 모두가 같은 교복을 입는다. 같은 선생님의 가르침을 받고, 같은 교실에서 공부한다.

문제는 차이점이다. 차이점은? 그 외 전부다.

지난 몇 년간 한국 사회의 젊은 분위기는 노력이라는 말에 치를 떨었다. '노오오오력'이라고 칭하면서 '노력하지 마'라는 풍조가 있었다. 금수저, 흙수저 얘기가 나오면서 허탈해진 사람들의 심리가 대변된 것으로 보인다. 현재는 어느 정도 균형을 찾는 모습 같다. 다시 노력에 긍정적 의미를 부여하는 시도가 많아지고 있다. 나도 솔직히 말하고 싶다. 노력은 좋다. 공부 잘하려면 노력해야 한다. 가난하다고 해도 정말로 노력하면 좋은 대학 갈 확률이 높아진다. 지금 이 말에 동의하는 사람들은 대부분 사회에서 '꼰대'란 소리를 들어봤으리라 짐작한다. 그런데 내가 발견한 교육 제도에서의 문제점은 이거다.

'무얼 어떻게 노력해야 하는지 모른다. 해답도 숨어 있고 이를 알려주는 사람도 없다.'

30년 전에는 교과서로 공부하고 한 가지 영어책을 달달 외우면 되었을지 모른다. 15년 전에는 학원에 다녀서 수능 문제 풀이 기술을 익히고 다양한 영어책을 동네 서점에서 만나면 되었을지 모른다. 그런데 지금은 어떻게 학생부 종합 전형을 준비해야 하는지 아직도 모호한 부분이 많다. 이미 시행한 지 꽤 오랜 시간이 흘렀음에도 학생도 모르고 학부모도 모르고 교사들도 사실 잘 모른다.

학생부 종합 전형-줄여서 '학종'이라고 부른다-이 실패라는 얘기를 하려고 하는 게 아니다. 내가 그 제도의 실패 여부를 판단할 수 있는 능력도 당연히 없다. 그저 그 제도를 거쳐 간 여러 실험 대상 중 하나였을 뿐이다. 나도 학종으로 대학교에 지원했다.

진짜 문제는 여기서 직간접적으로 집안 배경과 지역 요건, 즉 계급 간 차이가 더 벌어졌다는 말이다. 단순히 돈 문제뿐만이 아니다. 비록 그 부분이 꽤 큰 비중을 차지하긴 말이다. 무슨 드라마처럼 외제 차를 끌고 오자 교장이 굽신거리고 학교에 비리를 써서 합격하는 그런 것을 말하는 게 아니다. 이제 그런 가시적인 차이는 그래도 많이 줄어들었다. 그런데 정보 비대칭 같은 비가시적인 차이가 더 벌어지고 무서워졌다. 아무것도 보이지 않기 때문이다.

예시로 지역 격차를 들 수 있겠는데. 아주 미묘하지만 큰 차이가 발생하는 지점이다. 내가 다닌 학교에서 가장 가깝고 번화한 학원가는 JJ동에 있었다. 작은 대치동이라는 말로도 불리는데, 강남 사람들은 들어본 적도 없다고 하니 우리만의 리그라고 보는 것이 맞겠다. 예를 들어 영어 과외를 구한다고 했을 때 JJ동에 사는 사람들과 그 외 지역에 사는 사람들 간의 정보 격차는 꽤 있다. 과외는 친분을 통해 구했을 때 더 좋은 선생님을 구할 수 있기 때문이다. 그 지역에서 좋은 대학교에 간 학생이 많을 테니, 그들의 노하우를 전수받는 것도 훨씬 빠르다. 오죽하면 JJ동에 사는 내 친구는 자기 아파트 동에 사는 청소년 중에는 경희대 밑으로의 대학에 간 사람이 없다고 말했을까.

이런 경우 겉으로 보기에는 아무 차이가 없다. 그냥 자연스럽게 차이가 생기고 그 상태에도 경쟁이 이루어지기 때문이다. 그런데 성적에서 차이가 나는 이유를 쉬이 파악하기는 힘들다.

좀 더 '근본적으로' 가자면 어디 막장 드라마에서 나오는 것처럼 그야말로 '근본'이 달라진다. 기존 수능은 점수로 나온다. 그 학생의 인성이나 리더십 같은 전인적 부분에 대해서는 알 수 없다는 뜻이다. 이건 사실 유복하지 않은 학생들에게 더 열려 있는 전형이다. 점수로만 증명해주기 때문이다.

그런데 학종은 모든 걸 평가한다. 물론 어디까지나 내신이 제일 중요하긴 하지만 봉사는 어떻게 했는지, 어떤 보고서를 작성해보았는지, 책은 어떻게 읽었는지, 성격은 어떤지까지 생활기록부와 자기소개서, 그리고 면접까지 전면적으로 평가한다. 그야말로 학생의 모든 것을 평가한다는 말이다. 그냥 시험 보는 것에 비해 준비할 것은 많은데, 이를 위한 가족의 지원을 받기 어려운 경우도 많다. 내가 우리 학교에서 본 학생들은 다양한 계층이 있었지만 대체로 유복하지 않은 학생일수록 무엇을 준비해야 하는지 잘 몰랐다.

자기소개서에 부모님의 직업이 기재되어서 그 근본이 드러난다는 말이 아니다. 그런 건 금지된 지 몇 년 되었다. 그러나 판사인 부모가 자식에게 서재의 책을 추천해주는 것과 박봉의 회사원인 부모가 읽을 책을 추천해주는 것은 다를 수밖에 없고, 인생에서는 몰라도 입시에서는 전자가 더 유리하다.

꼭 직접적인 입시가 아니더라도 사소한 생활적인 부분조차도 차이가 난다. 근데 이게 입시에 영향을 준다. 물론 정시일 때도 마찬가지겠지만 특히 매일매일 학생을 평가받도록 만드는 학생부 종합 전형이라면 더더욱 그렇다.

좀 더 감정적으로 얘기해보겠다. 이건 논문이 아니니까. 당연히 먹는 거 생활 환경 같은 거는 쉽게 그 차이를 이해할 수 있다. 그런데 심지어는 체력에서도 차이가 난다. 가난한 사람은 머리 깨지도록 운동하면 안 된다. 가족 중에 의사가 있다면 모를까(그러면 가난하지 않았겠지). 다치고 아픈 것도 서러운데, 치료에 드는 돈도 아깝다. 정말 사소하지만, 더 부유한 친구들이 해외에서 들여온 약이나 영양제를 먹는 걸 보면 혹시 나는 모르는 묘약이 있나 하는 망상 아닌 망상도 든다.

요즘에는 운동도 부자인 애들이 더 잘한다. 오히려 가난한 애들이 더 뛰어노는 거 아니냐고? 아니 그냥 원래 요즘은 '뛰어'놀지 않고, '앉아서' 스크린으로 노는 경우가 많다. 인터넷과 스마트폰은 빈부격차와 거의 상관없이 모든 학생이 즐긴다. 특히 진학을 거듭할수록 어느새 뛰는 것도 돈 내고 헬스장에 가는 게 되어버렸다.

그러면 뭐 빛나는 수저를 물고 태어난 학생들은 성격이 안 좋은가? 그렇지 않았다. 부잣집에서 태어난 학생은 대체로 성격도 나쁘고 이기적이라는 말에 동의하기는 힘들었다. 유복하게 자란 학생이 상대적으로 아닌 학생보다 성격 차를 제외하고서라도 당당하고 또 이기적이지 않기도 했다. 학생마다 매우 달랐다.

드라마에서 나오는 것처럼 부잣집 자식이 왜 항상 정신과를 다니며 자살 충동을 느끼는지 나로서는 조금 의문이다. 왜 꼭 부자가 초점이 될까. 가정마다 수많은 상황의 차이가 있기에, 부모님이 자식에게 지나치게 집착했을 수도, 혹은 방관했을 수도 있다. 안정적인가와는 별도로 가난한 집의 학생이 더 성숙한 가치관으로 세상을 살아가기도 한다. 하지만 반대로 부잣집 부모 역시 훌륭한 훈육자가 되기도 한다.

우리는 그 등장인물들이 매우 부자인 것을 알지만, 현실에서는 서로 정확히 모른다. 뒤에서 더 말하겠지만 적어도 성격 부분에 있어서 객관적 지표도 있지만, 주관적인 인식의 영향력이 강한 듯하다. 서로 소득 수준을 다 알진 않으니까. 그러니 성격으로는 구분할 수 없다.

잠시만, 아니 가난이 공부에 미치는 영향을 얘기하다가 왜 갑자기 부자 학생이라고 해서 이기적이지는 않다는 얘기를 꺼내냐고? 저런 주관적 인식과 성격이 미치는 영향에 대한 이야기가 곧 있으면 나온다.

이야기가 샜는데, 그렇다고 개인적으로 '내가 체력이 약한 것도 우리 집이 돈이 없어서야 그러니까 앞으로도 약할 거야'

라고 생각하는 것 역시 위험하다고 생각한다. '그래서 내가 이 대학밖에 못 간 거야'라는 생각이 나를 오히려 옭아맬 때가 많기 때문이다. 사람이 사는 건 그렇게 단순하게 떨어지는 수학 문제가 아님을 알기 때문이다. 그러나 이 계급이란 요소가 적지 않았음을 부정하는 것도 힘들다.

이럴 때마다 사람들은 극복 서사에 집중한다. 어려운 집안 사정에도 기죽지 않고 쉬는시간에도 놀지 않고 공부를 했다는 둥, 학원을 다니지 않고서도 자기주도 학습으로 전교 1등을 차지했다는 둥 말이다. 정말 그런 학생은 존경받아야 하며 본받을 대상이 될 수 있다. 그런 학생을 깎아내리는 건 정말 가슴 아픈 일이다. 하지만 그러는 사이에 나머지 대다수 부유하지 않은 학생이 '노력하지 않은' 학생으로 낙인찍히는 것도 참 슬픈 현실이다.

자라서 무엇이 될 테야?

참고로 오해의 소지가 다분하기에 다시 변명 아닌 변명을 해야 할 듯하다. 나는 어떤 입장을 대변하는 사람도 아니고(있다 해도 나 자신이겠지), 교육학 박사도 아니다. 내가 보고 듣고 느끼고 생각한 점을 여기에다가 기술하는 것이기 때문에, 당연히 오류가 있을 수 있다. 이 문제에 대한 가장 명쾌한 해답은 나도 당연히 모른다.

그런데도 한 가지 우려스러운 점은 있다. 노력이나 부모님의 경제력, 그 외에도 수많은 요소가 총집합되어 입시 결과가 나타나는 것인데도 불구하고, (여기에다가 많은 운도 필요하다) 이에 주로 성공하게 되는 부유층 학생들은 순수하게도 '자신들의 노력'만이 이러한 결과를 만들었다고 인지한다.

내가 최근에 소위 'A급 외고'라고 불릴 만한 학교의 학생들이 만든 홍보영상을 본 적이 있었다. 오해의 소지가 있어서 덧붙이면 A급이라 한 이유는 대학교, 특히 소위 '명문 대학'을 중심으로 한 입시 실적에 따른 기준이다. (어떤 학교가 정말 좋은 학교인지 명확히 알려주는 지표는 아직 본 적이 없다.) 그 영상의 요지는 이랬다. 얼마나 자신들이 열심히 공부하는지, 영어로도 유창하게 토론을 하는지. 학생들 간의 대화에서 결국은 노력이 중요하다는 점을 얘기한다.

맞다. 그 영상에 나오는 비관적인 남학생이 얘기하는 것처럼 '모든 것이 태어날 때부터 결정되며, 운이 모든 것을 좌우한다'라는 논리는 맞지 않는다. 운명론을 깊게 믿는 사람이 아닌 이상. 당연히 노력해서 자신이 인생을 스스로 살아나가는 것일 테다. 다만 영상은 그 남학생의 극단적 주장이 틀림을 증명함으로써 그 반대는 모두 맞는다는 일반화의 오류를 범하고 있었다. 대입은 당연히 운으로만 결정되는 게 아니지만 그렇다고 실력으로만 어디 결정되는 거였던가? 특히 이 영상이 이 고등학교에서 나왔다는 점에서 더 속이 메슥거렸다. 도대체 자신들의 힘이 어디서 나왔는지 객관적으로 바라보려는 노력은 해보았단 말인가? 이들은 과연 출발선이 좋은 학생만 성공하는 게 아니라는 걸 말하기 전에 자신의 출발선이 어디였는지를 살펴보았단 말인가? 마치 이 영상은 남들이 했던 말로부터 자신들을 보호하는 성격이 강해 보였다(물론 영상의 내용과 수준은 매우 뛰어나서 감탄했다).

내가 조금 충격을 받았던 것은 이런 입시에서의 차이 때문만이 아니다. 입시의 차가 결국 사회에서의 계층을 낳을 확률이 높다는 점에서다. 고등학교 때 친했던 친구 중 한 명은 버스를 제대로 탈 줄 몰랐고, 어떤 학생은 지하철을 타는 법을 잘 모른다고 했다. 처음에는 그 이유를 몰랐지만, 이후에 친해지며 주로 자가용을 이용했기에 대중교통을 이용할 필요 또는 기회가 별로 없었으리란 점을 충분히 알아낼 수 있었다.

그런데 이런 친구들은 자신들이 '잘사는' 집이라는 인식이 잘 없다. 어떨 때 보면 너무 순진해서 답답할 때도 있는데, 앞에서 말한 우리의 빈부격차에 대한 상대적이고 주관적 인식을 생각해보면 설명할 수 있다. 분명 더 부자인 사람은 존재하니까. 나도 마찬가지지만 사는 동네에 비슷한 소득 수준을 지닌 사람들만 보았으니까. 그렇게 그 학생들은 학교도 그 비슷한 경험을 가진 학생들이 모인 외고, 국제고, 과학고, 자사고에 입학하면서 그대로 명문대에 들어갈 가능성이 크다.

이건 어디까지나 개인적인 일이니까 좋다고 치자. 더 큰 문제는 결국 이들이 사회에 나가서 하는 일은 사회적인 업무가 될 거라는 점이다. 이들 중 누군가는 의사가 되길 원할 것이고, 누군가는 법조인, 누군가는 정치인 같은 고위직을 하길 당연히 원하고, 그렇게 될 가능성이 크다. 그런데 이런 일들은 독방에 홀로 앉아서 책만 보고서 할 수 있는 일이 아니다. 직간접적으로 한국 사회를 이해해야 다수 국민에게 가장 맞는 일을 할 수 있다. 물론 극단적인 예일 뿐이지만 버스조차 타본 적이 없는 국회의원이 어떻게 대중교통 관련 법을 제정할 수 있을까? 서울 근방의 낙후 지역에 가보지 않은 의사가 어떻게 결핵이 확산하는지 직감할 수 있을까. 심지어 누누이 말하지만 내가 다닌 학교는 '슈퍼 하이 클래스'와는 거리가 멀었다. 내가 본 것은 극히 일부일 것이라고 장담할 수 있다.

세 가지 히든 카드

그런데 어쩌라고. 이건 사회적인 얘기고, 개인으로서 나도 시험 잘 보고 좋은 대학 가고 싶었다. 따라서 뇌에 포도당이 부족하면 결국 시험을 잘 볼 수 없는 것처럼 실제적인 방법을 추구하기로 했다. 물론 나보다 훨씬 어려운 환경에 처한 학생이 너무나 많아서 이런 내 경험을 얘기하는 게 무슨 의미일지는 모르겠지만 내가 몇 가지 경험했던 내용을 공유해보고자 한다. 기본적으로 빈부로 인한 차이를 뛰어넘는다는 점에서는 소득 상위 0.01%가 아닌 이상 같으니까.

첫 번째는 책이다. 부자라고 해서 반드시 책을 많이 읽지는 않는다. 도서관에는 더더욱 가지 않는다. 보통은 서점에서 새 책을 사서 쟁여놓고, 읽는 척을 하는 경우가 많다. 다행히 내가 사는 마을에는 큰 도서관과 자그마한 도서관들이 잘 갖추어져 있었고, 그곳에서 비록 조금 냄새가 나고 누런 도서관 책이라도 마음껏 읽을 수 있었다. 내가 사는 환경은 결코 세련되지는 못했지만, 책에는 그 세련됨과 날카로움이 있었다. 덕분에 나는 국어 공부나 글쓰기를 두려워하지 않게 되었다(다만 국어 점수가 나를 두렵게 했을 뿐).

특히 각종 수행평가로 나를 비롯한 친구들이 많이 힘들어했다. 이로 인해서 정작 중요한 시험공부를 하지 못하는 경우도 많다. 이럴 때는 마치 이창호 九단이 전성기 시절 그랬듯이 더 중요한 수가 있다면 눈앞의 손실이 보이더라도 그 중요한 수를 놓아야 한다. 전반적으로 볼 때 공부의 중요한 두 가지 요소가 여기 다 들어가 있다.

첫 번째는 오래 공부하는 힘-바둑으로 치면 오래 집중하는 힘으로, '실탄'에 해당한다. 두 번째는 우선순위를 두어 한정된 시간에서 효율적인 선택을 하는 힘-바둑으로 치면 어떤 급하고 중요한 곳에 먼저 착수할지 정하는 힘으로, '조준 방향'에 해당한다. 어찌 보면 '공부=시간×효율성'이라는 말로도 쓸 수 있겠는데 책은 이 두 가지 능력을 동시에 키운다.

결코 나는 '실탄'이 많은 사람도, '조준 방향'이 항상 올바른 사람이 아니었다. 그래도 수행평가를 향해 '쏠 때' 만큼은 상대적으로 이른 시간 안에 적당한 수준을 갖춘 수행평가를 하지 않았나 싶다.

아무튼 책은 여러모로 큰 도움이 된다. 물론 이는 옷은 안 사도 책만큼은 돈을 아끼지 않겠다고 공언하신 어머니와 사람들과 만나는 걸 딱히 좋아하지 않는 내 내성적 성향이 맞물린 결과다. 책을 너무 많이 읽는 것은 현실 도피적인 측면이 없지 않아 있지만, 그렇다 하더라도 책만큼 소중한 것은 없다.

책 중에서도 고전을 읽는 것이 도움이 된다고 말하지만, 솔직히 말해보자. 고등학생이 고전을 읽고 이해하기가 어디 쉬운가? 《프로테스탄트 윤리와 자본주의 정신》을 읽고 이해한다고? 인터넷은 그 책을 단순히 베버가 처음으로 상부 구조인 윤리가 자본주의라는 물질문화에 영향을 끼친 점을 알려주는 책이라고 알려줬다. 나도 그렇게 믿고 큰맘 먹고 책을 샀다. 그런 유명한 책은 도서관에 보통 걸레처럼 너무 많이 헤져있기에.

그러나 막상 책 속에는 다양한 프로테스탄트 교리에 대한 분석이 빼곡히 쓰여 있었다. 생각했던 것과 달라 당황했다. 너무 어려웠다. 고전은 아는 척을 하기는 매우 쉬우나 알기는 너무나 어려웠다. 그래서 느낀 것이 있다면 오히려 처음에는 조금 쉬운 책부터 읽는 것이 백배 낫다는 점이다. 그렇게 읽다 보면 언젠가 고전을 스스로 찾을 수 있게 되고, 나도 그러다 보니 《역사서설》 같은 어려운 책도 힘들지만 흥미롭게 읽었던 기억이 있다.

두 번째는 스마트폰을 없애는 것이다. 아직은 전 세계 스마트폰 보급률이 60% 정도다. 그러나 곧 스마트폰을 가지지 않은 사람이 희귀해지는 시대가 올 것이다. 아직은 이런 말이 현실로 다가오지 않는다. 하지만, 점점 더 인간 대 인간으로의 대면 접촉이 사치재가 되는 세상이 오고 있다. 내가 어렸을 때 동네 친구들하고 술래잡기하고 놀이터의 모래에 구멍을 내는 것이 사치란 뜻이다. 이는 스마트폰의 대중화와 맞물린다.*

그렇기에 스마트폰을 많이 사용하는 사람들이 점차 저소득층으로 변모하게 되지 않을까 걱정된다. 정확히 말하면 스마트폰을 써서 저소득층이 되는 건 아니고, 저소득층이기에 스마트폰을 많이 쓰는 것이다. 이 스마트폰은 집중을 크게 방해해서 사유하는 힘을 앗아가게 한다. 이것 역시 눈에 보이는 차이가 아니라서 놓치기 쉽다. 기계가 스마트해진 건 맞는데, 그게 내 스마트함을 앗아갈 때도 있다. 그래서 무섭다. '스마트'해져야 하는 건 기계가 아니라 인간이다. 특히 대한민국 학생이라면 더더욱. (이런 진리를 깨우치게 하는 위대한 한국의 입시 제도를 찬양하라……!)

그래도 아직은 부유층 학생들도 스마트폰을 쓴다. 다시 말해 당신이 저소득층이라 생각된다면 스마트폰부터 피처폰으로 바꾸길 요청한다. 만약 학생임에도 불구하고 안된다고 생각하면 일주일에 하루 정도를 스마트폰 없이 살아보는 건 어떨까? 스마트폰을 가진 내 친구들도 이러한 방법을 통해 어느 정도 제어에 성공한 것을 목격했다. 혹은 시간을 정하고 이를 신뢰할 수 있는 사람에게 알리는 것도 좋은 방법이겠다. 나의 경우 고등학교 입시를 마치고 울며 겨자 먹기로 스마트폰을 구입했다. 그러나 중고등 학생 시절에는 피처폰 하나를 6년간 썼다. 일주일에 한두 번만 충전하면 된다. 부유층 학생들의 입시에도 방해가 되는 그걸 당신이 먼저 끊을 수 있다면 분명 적어도 입시만큼은 성공할 가능성이 커진다.

세 번째는 밥을 잘 먹는 것이다. 포도당 없이 뇌는 돌아가지 않는다. 특히 아침밥을 먹어야 수업에 집중할 수 있다. 이는 다시 말해 잠을 잘 자야 한다는 얘기다. 내가 초등학생일 때 지상파 뉴스에서 이런 보도가 나왔다.** '아침밥을 먹은 학생이 공부를 더 잘하더라.'는 얘기였다. 그런데 자세히 들어보니, 아침밥을 먹으니까 뇌가 활발해졌다는 게 근거였다. 뭐, 이해가 간다. 나도 그랬으니깐. 그런데 왜 아침밥을 안 먹었을지 고민하는 사람이 있었을까 싶다. 저소득층일수록 규칙적인 근무 시간이 아니기에 혹은 맞벌이기에 부모님들이 아침을 챙겨주지 않았을 가능성이 크다. 이런 생활이 지긋지긋하게도 내 뇌까지 모두 관여해버린단다. 상대평가 제도 안에서는 남보다 조금이라도 뒤처지는 게 치명타니 별수 없었다. 바나나 한 개라도 학교에 싸가서 먹었다.

평소에는 그렇다 치더라도, 특히 시험 전에는 충분한 에너

* 다음의 기사를 참조했다. "디지털 정보 과잉시대… 사람과의 접촉이 사치재[광화문에서/김유영]", 〈동아일보〉, 2019.11.08. 제 34면

** 지금 쓰면서 찾아보니 확실하지는 않지만 비슷한 뉴스가 있었다. "'아침밥'의 건강학···비만 막고 학습능력 높여" <MBC 뉴스투데이> 2011.11.15

지가 뇌에 공급되어야 한다, 아무리 열심히 시험을 준비하면 뭐 하나. 그날 아침도 안 먹고 잠도 못 자서 아무 힘이 없다면. 특히 어느 정도 복잡한 사고를 요구하는 시험의 경우 아예 접근이 어려운 경우도 있다. 심지어 내가 외웠던 걸 기억해내기만 하는 단순한 문제의 경우 아는데도 답이 적히지 않는, 그러다가 시험지를 내는 순간 오히려 기억나는 경우도 있다. 물론 사람마다 달라서 에너지를 잘 저장해서 그날 먹지 않아도 잘 운용하는 학생도 많이 보았기에 결국 자신이 어떤 성향인지 잘 아는 것도 중요해 보인다.

색으로 덮이기 전에는 흰 바탕이니까

프롤로그에서 언급했던 우리 동네 수학학원에서 알바로 지내며 나보다 서너 살 적은 학생들과 이런저런 얘기를 나눴다. 나와 비슷하게 수다스러운 남학생이 한 명 있었는데, 내가 어느 중학교에 다니느냐고 물어봤을 때 그는,

"XX중학교요, 치맛바람이 가장 약한 곳이죠."

라고 애늙은이처럼 얘기했다. 아마 나도 그때 그랬듯 학부모도 알고, 학교도 아는데, 학생들은 아는 듯 모르는 듯한 그

런 부류의 얘기를 먼저 접한 녀석일 것이었다. 나는 그 학생이 우스우면서도 동시에 마음 한쪽은 쓰려왔다. 왜 이렇게 다 비슷한 학교에 다니는데 결국 모든 면에서 차이가 날까. 왜 우리는 다양한 색깔이 있는 걸 못 보고 주변의 색만이 전부라고 생각하는 걸까. 잘 알지도 못하는 이 주제에 대해 감히 써보겠다고 결심한 것도 이런 연유에서였다. 치맛바람이, 바짓바람이 아니라 스스로 무언가를 하고 싶다는 '바람'으로 나아가길 바라면서 말이다.

나는 솔직히 잘 사는 애들이 가끔 답답하고 미웠다. 자기 집은 잘사는 집이 아니라고 말하는 이런 친구들하고 얘기할 때마다 나 혼자 다른 세상에 있는 기분이 들기도 했다. 어떨 땐 내가 우리 마을을 대표하는 사람이라는 영웅 심리도 들었고, 내가 참 고생한다는 생각도 들었다. 마치 소수가 된 사람들이 오히려 더 똘똘 뭉치는 것처럼. 그런데 역사를 보면 그렇게 뭉쳐서 이겨내는 그룹이 있지만, 더 분열되어 버리는 그룹이 있다.

내 마음은 후자에 가까웠고, 어느샌가 열등감에 사로잡혀 있는 내가 보였다. 나도 충분히 멋있는 사람이고 잘해오고 있었다. 돌이켜보니 저런 생각과 감정은 실제 나와는 거리가 멀었다. 마치 '캔버스'라는 이름의 나에게 노란 물감을 아무리 칠하며 '봐봐, 나 노란색이야! 난 노랑이야!'라고 말해도 나는 흰 바탕의 캔버스일 뿐인 것처럼. 아무리 다른 물감을 칠한다 해도 그 사실만큼은 바뀌지 않았다.

사람들 앞에서는 내 색깔을 드러낸다고 해도 안에서는 하얀 본바탕을 보며 내가 할 수 있는 일을 하면 되는 거였다. 이제 대학에서도, 앞으로도 '황홀하게 칠해진', 잘나고 멋진, 부자인 사람들을 수두룩하게 만날 것이고, 내 허상과는 별개로 현실은 존재한다. 그 캔버스를 그리는 데에 지쳤는지는 모르겠지만, 머릿속에서 적어도 남들의 흰 캔버스가 상상되기 시작했다. 온통 진한 색밖에 보이지 않게 하던 냉소의 안경도 조금은 벗겨지지 않았을까 싶기도 하다.

결국 모두 내 사랑하는 친구들이었다. 가난한 친구가 아니라 내 친구고 가난한 것이고, 부자인 친구가 아니라 내 친구가 부자일 뿐이었다. 그들을 한 가지 잣대로 가르려 했던 나 자신이 부끄러웠다.

누군가는 나에게 결국 이렇게 '퉁치기'하는 거냐고. 그렇게 생각하면 앞에서 얘기했던 문제가 없어지냐고 말할 수도 있겠다. 물론 아니다. 하지만 너무 가까이서 보기보다는 멀리서 문제를 바라보아야겠다는 생각은 들었다. 쉽게 한쪽에 쏠리지는 않도록.

이쪽저쪽 뭐 하나 확실하지 않다며 회색분자라고 부를 수도 있다. 그렇지만 이는 세상에는 검은색과 흰색밖에 없다는 전제를 두고 있는 게 아닌가? 실제로는 오히려 다채롭지 않던가? 그러면 인정할 수 있지 않을까. 내 집에 이만큼의 돈이라도 없었으면 대학에 합격할 가능성이 훨씬 더 작았으리란 것을. 그렇지만 반대로도 인정한다. 내게 이만큼의 노력이라도 없었다면 역시나 대학에 합격할 가능성이 훨씬 더 작았으리란 것을.

고3이 독서실에서 숨어서 본 〈SKY캐슬〉

2018-2019 겨울을 뜨겁게 달군 드라마 〈SKY캐슬〉은 내가 유일하게 집 근처 독서실에서 12시 반까지 앉아 있게 한 이유였다. 무슨 말인가 하니, 나는 원래 독서실에서 11시까지만 공부한다. 그런데 11시부터 하는 이 드라마를 보기 위해서는 종편방송이 나오지 않는 우리 집 TV가 아니라 인터넷이 필요했으니. 나도 모르게 눈치가 보였던 나는 일부러 끝쪽 책상에 앉아서 숨죽여서 드라마를 봤다. (아시겠죠. 부모님들? '독서실에 있다=공부한다'는 전혀 사실이 아닙니다!).

16화 정도까지의 전개는 고3이었던 나로서는 감정이 이입되며 보는 내내 손에 땀을 쥐게 했지만, 후반 4화, 특히 해피

엔딩을 보여주는 마지막 1화는 이상하리만치 개연성도 없고 허무맹랑했기에, 본 후에 터덜거리며 집으로 돌아왔다.

이런 느낌을 받은 것은 나뿐이 아니었다. 여러 인터넷 커뮤니티나 기사들을 살펴보면, 또 친구들과 결말을 얘기해보면 얘기할수록 결말은 우리의 기대와 너무 달랐다. 추가 방영 등으로 인해 후반에 연출이 불친절했다는 것은 감독의 인터뷰에서 확인할 수 있었으나, 그렇다고 해서 결말이 달라졌으리라는 생각은 들지 않았다.

어쨌든 종편 드라마로서의 최고 성공이자 과장은 있어도 한국의 입시 현실을 보여주는 드라마라는 평으로 대중에게 덮였지만, 나는 등장인물들의 역할에 대해 더 깊게 생각해보지 않을 수 없었다. 작가는 여느 교육 드라마가 그렇듯이 한국의 입시 문제를 까발리기 위해 드라마를 제작했지만, 역설적으로 왜 어른 지배층 사회가 한국의 입시 문제를 제대로 못 보는지를 보여주었기 때문이다.

특히 두 가지 안타까운 인식이 드러났는데, 바로 빈부격차에 따라 생기는 교육 문제가 선악 구도로 둔갑한 것과 '엄마'가 주도하는 교육열과 이에 따라 자연스럽게 청소년을 교육 문제에서 주체로 생각할 수 없게 만든 것이다. 이 두 지점은 한국 사회가 교육 문제에 대해 끊임없이 문제를 제기하면서도 본질을 흐트러뜨리는 주된 방식이었다는 점에서 내게 다시 보인 드라마는 이 드라마를 쓰기 위해 고심하는 작가, 또 이에 반응하는 한국 사회 전체였다.

드라마는 암울함만이 지배하던 스카이캐슬에 우주네 가족이 오는 것을 반전의 계기로 삼는다. 우주네 가족은 몹시 납작한 인물들로서 시청자가 보여준 수많은 반전에 대한 기대와 다르게 너무나도 선하게 그려지며 모든 일의 해결사가 된다.

특히 한서진과는 다르게 주체적으로 '신분 상승'에 성공한 우주네 엄마 이수임은, 주변 스카이캐슬 식구를 이끄는 선구자가 된다. 오지랖으로 인해 '혐오수임'이라는 멸칭까지 생기자 대중을 의식한 듯, 마치 구원자가 아닌 관찰자이자 살인사건의 추적자 정도로 성격이 변화되지만, 결국 모든 사건을 종결시키고 '악마' 김주영의 자식까지 돌보는 그의 모습은 거의 '마더 테레사'다.

반대의 인물로 그려지는 '쓰앵님' 김주영은 거의 악마에 가깝다. 그 악마가 보여주는 아주 약간의 '인간적인' 서사에 오히려 대중이 반했다는 사실은 아이러니하지만, 작중 행적을 보면, 분명 클리셰한 선악 구도가 드러난다. 김주영은 자신의 아이를 반 죽여놓고서도 뉘우치지 않은 채 오히려 다른 사람들도 악마로 만들고 싶은 숙주 정도의 악마고, 반면 스카이캐슬의 부모들은 그저 이 숙주에 의해 이용되는 '악마화'된 인간들일 뿐이다. 숙주와는 다르게도 자신과는 피도 섞이지 않은, 더부살이하던 한 아이(혜나)의 죽음으로, 또 '빛수임'의 인도로 모두가 개과천선하는 (악으로부터 치유되는) 모습을 보이니 말이다!

여기서 나는 자연스럽게 반감이 들 수밖에 없다. 아니 우리 교육에는 이런 악마가 있었단 말인가? 아니면 이로부터 해방시키지 못하는 선한 사람이 부족하단 말인가? 행복은 성적순이라는 망상을 '엄마들'에게 주입한 사교육 악마와 그게 아니라는 것을 진정으로 깨닫지 못한 불쌍한 중생들, 그리고 그 자식들이 교육계를 구성하고 있었단 말인가?

이 모든 것이 해결되는 과정에서 모순적인 면모가 다시 한번 드러난다. 자퇴한 뒤에 우주는 유럽 여행을 떠나며, 예서는 희망차게 재수를 결심한다. 한국 학생 중 많은 수가 돈 때문에 유럽 여행은 고사하고 재수조차 힘들게 결정해야 하는 게 현실이다. 성격적인 측면뿐 아니라 계층 문제도 핵심적으로 얽혀서 생긴 사건이 개선되는 방안이 돈을 통한 것이었다니!

이 외에도 작가는 모성애의 일그러진 표출에 지나치게 집착하며 결국 청소년의 자율성이 들어갈 공간을 내어주지 않는다. 이수임은 혈연관계로 엮이지 않은 양아들 우주를 끔찍

이-그러나 '제대로'-위하며 세상 누구보다 끈끈한 모자 관계를 만들어 내어 모성애 신화를 만든다. 그에 반해 SKY캐슬의 등장인물인, 1화에서 자살한 '영재 엄마'부터 나머지 3명의 '엄마'에게는 '자식을 망칠 셈'이냐고 훈계한다.

그러나 이들 역시 교육 시스템의 수행자일 뿐. 그 이면의 시스템은 여전히 안개 속에 가려져 있다. 이 점에서는 방향이 다를 뿐 가부장적인 586세대의 시선에서 한국 교육 문제를 바라본 조정래 작가의 소설 《풀꽃도 꽃이다》와 크게 다르지 않았다. 극성인 엄마들이 자식을 망치고, 주인공인 젊은 교사가 아이들을 위해 헌신하는 이야기를 중학생이던 나는 공감하지 못했다.

이때 작가는 한서진의 욕심 많고 이기적인 딸 '예서'에게는 (아무리 부유하다 해도) 마음씨를 더 곱게 먹을 것을, '혜나'에게도 (아무리 가난하다 해도) 마음씨를 더 곱게 먹을 것을 암묵적으로 훈계받는다. 이 점에서 '아이들'은 어디까지나 희생양이 될 수는 있어도 되지 않기 위해 몸부림치는 것은 자제 받는다. 어디까지나 그걸 해결하는 건 아이를 품는 '엄마'여야 하고, 또 이 콘셉트에서 극 중에서 지리멸렬하게 묘사되던 '아빠들'은 교육 문제를 '깨달은 것' 정도 이상의 변화를 보여주지 못한다.

특히 격렬하게 몸부림쳤던-사실 이마저도 교육 문제와 계급 갈등이 맞물린 결과였지만-혜나의 죽음은 이를 잘 나타낸다. 마치 대속하듯 사라져버린 그 캐릭터를 움직였던 원동력은 사실 독득한 캐릭터에 대한 대중의 환호성이었다. 그러나 혜나가 사과를 베어 문 장면(후에 이 장면의 의도는 '선악과'였다고 드러난다)부터 어른들에게 혜나는 더는 보호해야 할 불쌍한 존재가 아니었다! 이후 혜나의 주체성은 죽음을 통해 너무나 극적으로 상실되어버렸다.

"이 드라마로 대한민국 한 가정이라도 살렸으면 하는 마음이다."라고 작가는 말했다. 그러나 드라마의 주인공 가정이 살려지는 와중에 TV에서 중간 광고로 한서진 역을 맡았던 배우가 학습지 광고에 나오는 것을 보면, 여전히 그 사례를 뒤엎을 만큼의, 열 가정이 그 입시 판에 뛰어드는 불편한 진실이 가려져서는 안 되겠다.

모성애의 일그러진 표출. 극도로 신경질적이고 날카로워진 고소득층 자녀. 이제는 지겹다. 오히려 현실성 있는 드라마가 나왔으면 좋겠다. 2016년에 SBS 2부작 드라마로 나왔던 〈미스터리 신입생〉 정도가 이 계급 문제에 적절한 예시였다고 생각한다. 서사가 대학에 들어간 두 주인공이 중심이 되어 이뤄지기에 비교적 입시 제도에 대한 내부자적 고찰이 은연중에 잘 드러났다.

내가 그리는 건 예를 들면 자사고 학생들의 즐거운 삶 가운데서 은밀히 드러나는 일부 저소득층의 비애를 그리는 스토리 따위다. 또 그 저소득층 학생의 비열함을, 그 부유층 학생의 미숙함을 보여주는 성장드라마가 더 현실과 맞지 않을까. 전교 1등과 2등이 신경전을 하면서 서로를 증오하는 그런 자극적이고 식상한 요소들 말고.*

* 끝으로 너무 말이 과격하지 않았나 해서 말하지만, 이 드라마는 재미있었다. 이런 스토리를 그려내신 유현미 작가님 덕분에 여러 가지 생각을 해볼 수 있었다. 또한 입시 문제에 대한 사람들의 관심을 다시 높였다는 것도 매우 의미 있는 성과라고 생각한다.

입시에 대하여

지금까지 입시 얘기하지 않았느냐고 하면 할 말이 없다. 그렇지만 고등학생의 생활 자체가 모든 것이 입시와 연결된다. 나는 교육 분야에서 일하고 싶지도 않고, 이런 지식을 구태여 얻으려 노력하지도 않았다. 그런데 고등학생이라는 신분이 내가 입시 얘기를 하도록 만들었다. 그러다 보니 할 말도 많고, 어떤 부분에서는 다도 과격한 이야기도 있을 수 있겠다. 그러나 이 입체적인 질문을 어떻게 쉽게 풀어낼 수 있을까. 아무튼 입시를 위한 입시에 관해 얘기해보려 한다.

드라마 엑스트라가 되다

"뭐야 뭐야, 말도 안 돼...."

소름이 잘 돋는 나였지만 이번만큼은 달랐다. 1학년 2학기 중간고사를 망치고, 그중에서도 특히 영어 시험을 망친 나는 터덜터덜 영어 학원에 도착했다. 그런데 같이 학원에 온 친구가 충격적인 소식을 전했다. 반 친구가 자신이 학교 시험 시간에 푼 영어 시험지가 직전 대비(시험 전날 해당 과목을 가르치는 학원에서 마지막으로 시험 범위 내용을 총정리하는 것을 말함)에서 풀어봤던 시험지와 너무나도 유사하다는 소식이었다. 드라마로는 많이 보았지만 정말로 유출이라도 일어났단 말일까? 그 친구가 얘기해준 바로는 직전 대비 때 풀었던 문제에 오타가 있었는데, 그 오타가 자신이 학교에서 푼 시험 문제에도 그대로 있었다고 했다. 우리는 풀었던 시험지를 스캔해서 다시 샅샅이 살펴보기 시작했다. 학원이 탐정사무소가 된 지 10분이 채 지나지 않아 정말로 동일한 그 오타가 있었음을 확인했다.

바로 그 시각에 우리 학교 커뮤니티에 특정 학원에 대한 의혹을 담은 글이 올라왔다. 특정 학원에 다녔던 학생들만이 시험에서 100점을 맞았는데 무슨 문제가 있지 않으냐는 내용이었다. 뭔가 이걸 바로 공론화하면 범인이 재빨리 증거를 소각하지 않을까 하는 의문이 남기는 했다(이걸 떠벌리면 어떡해!). 어쨌든 순식간에 이 모든 의혹이 학교 전체로 퍼져나갔다. 모두가 당황한 순간이었다.

내가 지금 쓰고 있는 이 글은 수사 기록이 아니니까 당시 시점이 아닌 현재의 시점으로 다시 돌아와야겠다. 결론부터 말하자면, 그것은 시험지를 의도적으로 유출한 사건이었다는 게 법원의 판단이다. 이후 그 학원에 다녔던 내 친구들은 조사를 받아야 했고, 시험은, 내가 제일 못 봤던 그 시험은 성적 처리조차 되지 않은 채로 무효가 되면서, 기말고사 때 두 번의 영어 시험을 치러야 했다. 교장 선생님은 학생들에게 공개 사과를 하셨고, 그 자리에서 영어과 출제 선생님들은 자신의 무죄를 항변하셨다. 안타깝게도 그중에는 재판장에 피고로 나오게 될 사람이 있었고, 이를 맞추느라 우리끼리 또 무수한 추측을 했다. 해당 교사는 파면되었고, 그 특정 학원의 원장과 해당 교사, 이 두 명은 1심, 2심에서 모두 유죄 판결을 받아 구속되었다. (아직 재판은 진행 중인 것으로 알고 있다).

순식간에 지나간 이 새로운 드라마 에피소드는 범죄극, 스릴러였을까? 아니, 그보다는 코미디에 가까웠다. 우선 내용부터가 너무나도 치밀하지 못했고, 그 과정도 허술했다. 오죽하면 학생들이 그걸 쉬이 발견했을까. 그 동기조차 불분명한 이 거래 이후에 그 학원 원장은 학교까지 찾아왔었다. 인사도 드렸다. 심지어 우리 학교 선배셨기 때문이다.

아직 재판이 모두 끝나지 않았기 때문에 책에서 단정을 짓는 것은 안 되겠다. 다만 학생으로서 분명히 말할 수 있는 점은 죄의 유무와 상관없이 재시험이 치러졌고 다시 말해 시험은 공정성을 입증받지 못했다.

그 학원에 다녔던 학생들은 꽤 충격을 받았고, 선생님들도 마찬가지셨을 것이다. 이 좁아터진 600명 남짓 학생이 있는 학교에서 유출까지 일어나다니. 참으로 재미있는 광경이었다. 학교 선생님들뿐만 아니라 이 드라마의 엑스트라가 된 나와 내 친구들은 부끄러움을 감출 수가 없었다. 소문은 이미 지역에 난 상태였고, 당시에 나는 우리 학교의 후드티를 입는 것조차 민망하기도 했다. 지금 다시 생각해보면 참 억울하다. 왜 부끄러움은 학생의 몫이었는지. 나와 친구들은 그렇게 한 편의 B급 코미디를 보고 있었다.

같이 이 드라마를 지켜보던 사회는 수시가 왜 공정하지 않은지 보여주는 또 다른 사례라고 인식했다. 뭐, 맞는 말이다. 하지만 이건 빙산의 일각일 뿐이다. 수시가 심각하게 공정하지 않다는 뜻이 아니라, 입시 자체가 그리 단순한 문제가 아니라는 뜻이다.

생기부가 뭐라고

첫 번째 이야기에서 우리 학교의 특징을 보면서 말했던 '대학 제출용 학생평가권'에 대해서 지금 얘기해볼까 한다. 앞서 말했듯, 대학에 제출할 생활기록부(내신, 봉사기록, 수상기록 등등을 모조리 보여주는 서류)는 학교에 의해 작성된다. 언제나 중요한 내신 외에도, 학생부종합전형의 시대가 열리면서, 다른 내용도 중요해졌다.*

그런데 이 생기부를 작성하는 게 굉장히 힘들다. 수상기록이나 봉사기록 등은 그냥 명사로 작성되는 사실이니 큰 문제가 없다. 문제는 주로 '세부능력 및 특기사항' 칸이다. 각 교과 선생님이 쓰시는 건데, 예를 들어 다섯 반에 들어가서 수업하는 선생님이 계신다면, 적어도 100명 정도 학생의 세부능력 및 특기사항(줄여서 세특이라고 말한다)을 기록해야 하신다.

심지어 이걸 몰아서 학기 말의 며칠 만에? 굉장히 힘든 일이다. 정성껏 세세하게 봐주시려는 선생님이 되레 정신적, 체력적 고갈 상태인 번아웃(burn-out)에 빠지신다. 나이가 많으신 선생님은 두꺼운 책자로 된 교육부 생활기록부 작성 지침을 이리저리 뒤적이시며 쓸 말을 고민하신다. 선생님들이 토론형 수업, 참여형 수업을 하면서 조금이나마 학생 개개인을 알고 그 문서를 작성하는 데 유리하겠지만 바쁜 진도로 인해 대부분은 그렇게 이루어지지 않는다.

결국 일반고는 성적이 높은 학생만 적어주기도 한다. 그러

* 과열 양상이 보이며 2020년 현재에는 다시 축소되고 있는 분위기지만, 어디까지나 '분위기'라는 점이 중요하다. 또 나중에는 달라질 수 있다는 거다. 수험생들이 국영수 공부 말고도 현 정권 교육 정책 공부도 해야 하는 이유다.

나 학종의 비중이 높아지면서 모두가 생기부를 어느 정도는 관리하는 추세가 되었다. 따라서 어떤 학교는 보통 학생들이 자신들의 '세부능력 및 특기사항'을 직접 어느 정도 작성해서 선생님께 제출하면 선생님이 재량껏 혹은 그대로 참고하시는 방식이 되어버렸다. 만약 정성을 매우 쏟으시는 선생님이라면 직접 써주기도 하시지만 100명인데도 그렇게 일일이 쓰실 수 있는 분은 많지 않다. 그러는 동안 수업 준비를 할 수는 있으시겠는가?

게다가 세부능력이니까 아주 세부적으로 쓰는 게 입시에 유리하다는 말이 퍼졌다. 사실이기도 하고. 다시 말해 내가 스스로 '이 학생은 영어 어휘를 익히는 능력이 뛰어나서 친구들에게 영단어 박사로 불리는 학생으로…'라고 선생님께 알려드려야 하는, 뭐 이런 꼴이다. 결국 내 '세특'은 내가 쓴 자화자찬이 기반이 되기도 한다.

우리 학교는 모든 학생가 학생부종합전형에 매달리는 학교였기에 이런 점이 더 심했다. 거의 모든 선생님이 이에 매달리셔야 했다. 일반고의 경우에는 작성을 매우 내키지 않으시는 선생님의 경우도 있다는 얘기를 다른 학교 친구에게서 들었다. 우리 학교도 그런 경우가 있지만 내신 등급별로 쓸 수 있는 자수를 제한하는 정도였다. 3등급까지만 세특을 특정 자수 이상 쓸 수 있도록 제한을 둔다든가 하는 식이다. 학기

말에는 선생님은 글을 수정하기에 바쁘시고, 학생은 오타가 있는지 검사하고 더 추가할 내용을 찾느라 교무실을 들락날락하는 정신없는 광경이 목격된다. 서로 지친다. 학생은 배우지 못하고, 교사는 가르치지 못한다.

게다가 학교생활을 기록해야 하니까 학교에서 한 내용만 기재하라는 게 교육부의 방침이다. 그래서 우리는 학교 '수업 시간'에 독서 토론을 하고 보고서 내용에 대한 파워포인트 발표를 한다. (잠시만, 그럼 500쪽짜리 책은 어디서 읽고 10쪽짜리 보고서는 과연 어디서 작성했을지 생각해보시길.)

진정한 생활과 진정한 성장은 생기부에 구현되기가 힘들다. 진정한 성장이 있었다 해도 그걸 어떻게 잘 각색하느냐가 생기부의 가치를 좌지우지한다. 하지만 안타깝게도 모두가 배우고 성장하고 경험하는 학생인 건 맞지만, 모두가 타고난 글 꾼이자 자기 홍보대사인 것은 아니다.

그런데 다시 생각해보면 이런 제도는 교사가 학생을 통제할 수 있는 권한이 생겼다는 것을 의미한다. 예전에 체벌을 통해서 학생을 통제했다면 이제는 생활기록부를 통해 학생을 통제할 수 있다는 뜻이다. 자신의 의지와는 상관없이 어느새 선생님은 손에 쥐시던 사랑의 매를 빼앗기시고 대신 태도 점수 기록표가 들리게 되었다.

기존에는 교사에게 반항하던 학생도 수능을 잘 치거나 내신 성적만 잘 나오면 좋은 대학에 갈 수 있었지만, 이제는 어려워졌다. 대부분의 선생님은 그러지 않으시지만, 어떤 선생님은 학생과의 불화를 생활기록부에 어떤 방식으로든 나타낼 수 있다. 그 가능성만으로도 학생을 제압하기에는 충분하다. 그조차도 '생활기록'이니까. 그런데 이런 학생의 '성장 과정'이 안타깝게도 학생의 향후 성장에 부정적인 영향을 준다.

따라서 이 새로워진 구조 속에서 어떻든 간에 학생은 수업에도, 기타 학교생활에도 적극적으로 참여해야 한다. 수업시간에 '적극적으로 참여한다'는 게 아니라 '적극적으로 참여해야 한다'고 말했다. 오해하지 마시길.

입시의 뿌리를 찾아서

이야기를 이어나가기 위해 잠시 다른 얘기를 해보려고 한다. 한국 사회에는 언제나 교육과 관련된 갈등이 있었다. 그중에서도 가장 큰 이슈는 정시냐 수시냐 하는 것이다. 그런데 항상 같은 레퍼토리다. 하는 말이 거의 변하지 않는다. 정시는 애들이 수업도 안 듣는다며 안 된다고 한다. 이로써 공교육 붕괴! 수시는 대부분인 학종의 경우 수행평가나 내신의 공정성을 못 믿겠다고 한다. 이로써 공교육 붕괴! 뭘 해도 사교육은 판치게 되어 있고, 공교육은 죽게 되어 있단다. 또다시 정시로 선회하는 교육부의 정책을 보면, 내 정치적 의견과는 상관없이 오락가락하는 교육 정책의 가장 큰 축은 아무래도 정시냐 수시냐 하는 것인가 보다.

그런데 사실 이런 얘기는 앞서 말한 '성적가공공장' 비유를 들면 가공의 완성 방식을 두고 계속 입씨름을 하는 것과 다름없다. 이게 더 상품이 세련되어 보인다, 이게 좀 더 완성도가 높아 보인다, 구성이 알차다, 얘는 기능이 국·영·수밖에 없냐, 쟤는 이것 조금 저것 조금 별로인 거 같다, 이러면서 말이다. 참고로 여기서 상품은 자기 속에 뭐가 담기는지 고민할 여유조차 없다.

가장 정확한 것은 애석하게도 대학이다. 비록 그조차도 엄청난 결함을 많이 가지고 있다고 평가받지만, 현재로서는 가장 정확한 '상품 품질 분석기'를 보유하고 있다. 그런데 이 대학은 어떤 상품이 좋은지를 구별하려고 무진장 애를 쓸 뿐이지, 그 완성품의 겉모양에 크게 연연해하지 않는다. 결국 대학은 정시든 수시든 그건 그 완성품 내부의 핵심부품이 잘 작동하는지를 판별하면 그만이다.

그럼 핵심은 뭘까? 그걸 알아내려면 공장 내부로 들어가서 성적이 어떤 설비로 어떻게 가공되느냐를 보아야 한다. 이를 바탕으로 곰곰이 생각해보건대, 내 3년간의 고등학교 생활을 종합해보면 이런 문제의 가장 큰 이유 중 하나는 교사다. 선생님들이 원인이다. 선생님 잘못이라는 말이 절대 아니다. 교사들이 타락하고 게으르며 부패했다는 뜻이 절대로 아니다. 그러나 적어도 고등학교만큼은 중대한 문제가 입시 제도가 아닌 교사 제도에 있다고 생각한다. 고등학교까지 도달하면 학교에서의 '보육'과 '사회화'의 개념은 약화하기 때문이다. 비록 학생 다수의 의견은 아닐지라도 내 의견은 이렇다.

정시를 준비할 경우 학생의 마음은 이렇다.

잘 가르치는 선생님 수업은 잘 들어야 한다. 수능 준비에 큰 도움이 된다. 못 가르친다고 판단되는 선생님 수업 때는 잔다. 혹시 잘 때 깨우면 일어났다가 다시 잔다. 어차피 잤다가 자습 시간에 다른 수능 공부하는 게 낫다. 이 수업이 설상 수학, 영어, 국어라 해도 필요 없는 것이라면 인터넷 강의를 듣는 게 훨씬 낫다. 들을 이유가 없다. 다른 수시 친구들이 수행평가 한다고 설쳐도 자신은 계속 수능 문제 10년 치를 풀어야 한다. 국영수 국영수만 하다 보니 돌머리가 된 것 같다.

수시를 준비할 경우 학생의 마음은 이렇다.

잘 가르치는 선생님 수업은 잘 듣는다. 못 가르치는 선생님 수업은 별로지만 들어야 한다. 그래도 잠이 오면 잘 수밖에 없다. 친구의 필기를 보던가 또 인터넷 강의를 듣는다. 이상한 내용에 시간도 걸리는 수행평가도 하려니까 바쁘다. 그런데 도대체 그 평가 기준이 무엇이길래 이런 점수 나오는지 알 수가 없다. 내신 때는 이런 질 낮은 시험 문제를 풀려고 일 년에 4번씩 3주 동안 시험 기간마다 이 고생을 하려니 짜증이 난다. 수능 문제와는 비교도 안 되게 질이 낮고 단순 암기식 시험이기 때문이다. 수능처럼 사고력을 조금이나마 기르는 문제도 아닌 이런 학력고사 같은 외우는 시험공부를 심지어 국영수 외에도 해야 하니 돌머리가 된 것 같다.

위 글을 보고 학생들이 뭐라고 교사의 수업능력을 판단하냐고 물을 수도 있겠다. 그럼 학교는 뭐라고 학생의 수학능력과 잠재력까지 속단해버리는지(위에서 든 예시의 뜻은 수업이 졸리면 자도 된다는 뜻이 아니라 졸리다는 말을 한 것이다. 강의의 질이 떨어진다고 안 듣는 게 좋겠다는 게 내 생각인 게 아니다 오해 마시길).

학생들은 바보가 아니다. 자신이 시간을 어떻게 하면 효율적으로 쓸 수 있을지 고민한다. 그 점에서 못 가르치는 선생님들의 수업은 안타깝지만 어떨 때는 정말로 시간 낭비일 뿐이다. 그러니 안 듣는다. 대체로 수시를 찬성하는 교사들은 학생들이 자신의 수업을 열심히 듣게 되었다고 말한다. 정말? 물론 정말로 열심히 듣는 경우도 많다. 그러나 억지로 듣는 건지, 필요해서 듣는 건지, 재밌어서 듣는 건지 학생들의 마음을 어찌 아시랴!

쉽게 말해서 학종은 교사에게 추가 권력을 주었고 정시는 그 권력을 (더불어 추가 업무도) 다시 반납하도록 하는 것일 뿐이나. 그 이상도 이하도 없다. 그럼 교사들은 무조건 그 권력을 원하는 걸까? 그렇지도 않다. 그 권력이 아이들의 참여도 통장 잔액을 늘릴 수는 있어도 공무원 월급 통장 잔액을 늘리지는 않는다. 현장에는 자신의 수업에서 졸든 말든 자기 수업만 하는 교사도 많다. 학생의 학업 의지가 천차만별이듯이, 교사의 교육 의지도 천차만별이다.

결국 정시의 문제는 정시를 잘 알고 가르치는 교사의 부족이라는 뜻이 되고 수시의 문제는 질 좋은 내신 문제와 공정하게 수행평가를 내릴 교사의 부족이라는 뜻이 된다. 물론 정확히 말하면 선생님이 뭘 잘못하신 게 아니다. 어떤 선생님께서는 이미 너무 많이 일하시는데도 사명감을 가지고 연구를 지속하신다. 그렇지만 이미 인터넷 강사들이 훨씬 잘 가르치는 세상이 왔으며, 너무나도 빨리 변하는 사회 속에서 다소 경직된 이 거대한 시스템 전체가 위기에 빠져버렸다. 그리고 분명 그 피해는 가장 목소리가 작은 학생에게 상당 부분 전가된다. 혁신이 이루어지고 있다고? 옛날 칠판을 전자 칠판으로 바꾸면 뭐 할까. 그 칠판에 쓰이는 말이 같다면.*

차라리 공교육 유지를 하기 위한 세금의 10분의 1이라도 EBS와 취약 계층 정보화에 투자하면 어떨까. 비록 디지털 기기의 오남용 가능성이 크기는 하지만, 모두가 공평한 학습을 할 수 있고 더 질 좋은 수업을 받을 수도 있다. 그럼 오프라인에서 선생님은 뭘 하실 수 있을까. 성적 감정사? 학습 관리사? 좀 어이없어 보이지만 실제로 학생들의 학습을 관리하고 모르는 점에 대한 이해를 돕는 것이 효율적인 역할이실 것이다. 오, 학교는 그대로지만 시대는 너무 변해서, 이제 학생에게는 학습할 내용이 부족한 게 아니라 학습할 방법이 부족하니 말이다.

* 코로나19로 인한 화상 수업으로 인해 대중에게 교육계가 민낯을 드러내지 않을까 걱정이 된다. 현재 수업에서 무엇이 부족하고 무엇이 강한지 수면 위로 올라올 것이다. 항상 뉴스 등의 매스컴에서는 화상 수업을 열심히 준비하시는 젊은 선생님이 나오지만 실제로는 EBS 인터넷 강의를 대신 보라고 하시는 분들도 있으셨으리라 감히 단언한다. 어떨 땐, 학생도 그게 더 편하다.

다만 이번 코로나19는 선생님에게도, 학생에게도 새로운 기회다. 10반을 돌아다니면서 앵무새처럼 수업하셔야 했던 선생님께서 한 번에 영상으로 전송할 수 있으니 매우 효율적이다(정확히 말하면 원래 수업 방식은 매우 비효율적이었다는 뜻). 학생도 다른 반과 달라지는 내용이 없으니 '왜 저 반에서만 그 내용을 강조하셨냐' 따위의 불만이 나올 일도 없다.

매스컴에서 비춰주는 선생님들의 헌신적인 모습은 정말 감탄할 만하다. 그러나 그런 곳에 나오는 선생님들의 대부분은 자신이 그 일에 열정을 가지고 임하시는 분들이 많다. 그러니 더 좋은 교육 방법을 연구하시고, 학생들과 소통하는 모습을 보여주신다. 그러나 '일반적인' 모습과는 거리감이 있다. 이를 통해 마치 학부모 참관수업과 비슷하게 의도와 상관없이 공교육이 '미화'되고 '선전'된다. 난 12년 동안 학교에 다니면서 한두 분 정도를 제외하고는 해당 선생님으로부터 단 한 번도 그 참관수업만큼 좋은 질을 지닌 수업을 받아본 적이 없었다.

국가에는 노동자이고 학생에게는 스승이 되고 싶다고 쓴 교사의 글을 읽은 적이 있었다. 그분은 정말 훌륭하신 선생님이신 것 같았다. 그러나 밥그릇을 챙기려고 하는 교사들에게서 학생들이 보는 모습은 노동자이고 국가에는 발전도 없이 자신들의 숭고한 사명감을 내세우는 스승으로 보인다. 80, 90년대에는 맞았을지 몰라도 이제는 학생을 위해서라는 말은 좀 덜 했으면 좋겠다. 위하지 않기 때문이 아니라, 항상 둘러대는 말로 쓰여서다.

자기주도 '학원' 학습

또 다른 이슈로는 이런 것도 있다. 과연 공부를 잘하는 학생은 진정으로 '자기주도 학습'을 한 학생인가. 어떤 사람은 그렇다고 말한다. 철저한 예습과 복습, 그리고 잦고 꼼꼼한 문제 풀이를 통해 스스로 공부했다는 것. 그러나 어떤 사람은 조금은 염세주의적이지만 학원 잘 다녔다고 말한다. 사교육 없이는 안 된다고 못 박는 이도 존재하고, 이를 깨부수는 학생이 또 전국 도처에서 나타난다. 나도 이 진정한 '자기주도 학습'의 길을 택할 것인가, 아니면 '학원에 다닐 것인가'를 고민했지만 안타깝게도 나는 스스로 공부하는 힘이 적었다.

내 생각은 그렇다. 왜 자기주도 학습과 사교육은 별개여야 하는가? 내가 보기에 둘은 충분히 양립할 수 있다. 학원에 다니는 게 왜 자기주도 학습이 아닌지 이해하기 힘들다. 내가 어려워하는 부분과 모르는 문제를 다시 가르쳐주시는 선생님들이 학원에 계시고, 그곳에는 자습할 공간도 있다. 강의식 수업이 문제라면 그건 학교도 마찬가지다. 그러면 왜 우리한테 이런 인식이 생긴 걸까?

학원을 자기주도적으로 다니는 것에 익숙하지 않은 경우가 많았고, 지금도 많기 때문이다. 공교육이 국가주도적이라면, 사교육은 부모주도적인(?) 일이 되어버렸다. 여기에 이미 핵심이 있다. 사교육이 문제가 아니라 그 사교육이 '자기주도적'인가가 중요하다는 사실이다.

얼마든지 학생이 자신의 의지로 학원에 등록할 수 있다. 물론 부모님의 재정이 허락되는 한에서지만. 사실 그게 효율적이다. '초등학생 때 부모님이 보내시던 피아노학원' 개념에서 벗어난다면 충분히 가능하다, 특히 고등학생이라면 스스로 좋은 학원을 판단하고, 그곳에서 자기주도적으로 공부할 수 있다. 더불어 자기주도적으로 학원에 그만 다닐 수도 있고, 다시 혼자 공부할 수도 있다. 나는 지금 사교육의 활성화가 좋다고 말하는 것이 아니다. 그렇지만 사교육이 '악마'라면 그 악마 배양에 책임이 큰 공교육은 얼마나 심각하다는 건가.

한 가지 더. 사교육과 공교육의 차이점을 논할 때 학원은 지식 전달만 할 뿐 학교가 진정으로 사회적인 '인간'을 만드는 곳이라는 말을 하겠지만 그런 말을 하는 사람들은 학원에 안 가봐서 하는 소리다. 우선 어린 시절의 학원은 그야말로 '보육'과 '사회화'의 열린 장이다. 커서도 학원에서는 학교 못지않게 인간적인 사회활동이 일어난다. 비록 학원 강사가 꿈인 선생님은 거의 없으셨겠지만 학생에게 애정을 가진 선생님들도 많이 계신다. 또 비록 학원 친구라 할지라도 충분히 친하게 지내며 하나의 커뮤니티를 형성한다. 민주화 과정 등

여러 이유가 있겠지만 정말 똑똑하고 훌륭한 선생님들이 학원에 많이 계시기에, 공부뿐 아니라 인생에서도 많은 교훈을 얻었다. (아, 물론 약간의 상술과 수강료는 확실히 공교육과 다르겠지만.)

내 모든 것을 시험하라

이미 앞에서 충분히 학종의 약점을 꼬집었지만, 내친김에 한 가지 더 얘기해보고 싶다. 몇 년 전 한국에서 유행했던 책 중 하나로 재독 철학자 한병철이 쓴 《피로사회》가 있었다. 요약하면 기존에는 타자가 자신을 억압하는 시대였다면 현대 신자유주의 시대에는 자신이 스스로 기업가이자 노동자가 되어 자신을 착취한다고 말하는 책이다. 나는 어떻게 보면 이게 바로 근본적인 학종의 문제점을 낳는다고 본다.

기존 방법, 내신이나 수능, 그중에서도 특히 수능은 성취해야 할 목표가 나름 명확하다. '100점!' 이를 위해 학원에서도, 학교에서도, 집에서도, 독서실에서도 억압된 채 수능 이후의 '해방'을 향해 달려 나간다. 마치 산업혁명 이후 일어난 공산주의 운동이 그래왔듯이.

'타도 수능! 타도 사교육!' 쉬운 말이다.

그런데 학종은 기존의 이런 타자에 의한 억압에 자신이 스스로 하는 억압을 추가한다. 이 구조는 학생 개개인이 기업이 되어 대학에 투자가치를 설명하는 방식이기 때문이다. 또 상품으로 설명하자면 고등학교에서 나눠준 생활기록부라는 '품질보증서'를 제출하고, 기계의 내부 부품까지 세밀하게 검사받는다. 자본주의가 그렇듯이 100점 같은 한계 따윈 없다. 있다면 서울대? 아쉽지만 매우 한정적이어서 상대평가제도 안에서는 쳐다보기도 힘들다.

따라서 놀랍게도 학생들은 스스로 수업을 열심히 듣기 시작한다. 스스로 세미나를 열고 보고서를 작성하기 시작한다. 수행평가도 하고 방학에도 쉴 틈이 없다. 학생회도 하고 책도 읽는다. 봉사는 몇 시간을 해야 하지? 상은 몇 개 정도 타면 되지? 할 수 있는 만큼! 매일매일 성과를 낸다. 그 과정을 지속하다 보면 내가 수행평가를 하는지 수행평가가 나를 하는지 모르는 물아일체의 경지에 다다른 자신을 발견한다.*

* 정부에서 시정방안이 나왔다. 예를 들면 수상 실적 기재 수를 한정하는 것인데, 그러면 이제 얼마나 더 중요한 상을 타느냐, 양이 아닌 질의 싸움이 남게 되었다.

이 과정에서 학생들은 점점 번아웃에 빠져버린다. 자신의 온전한 몸과 마음이 진정으로 입시를 위해 쓰이기 때문이다. 그런데 슬럼프가 오는 것도 위험하단다. 대학에서도 1학년 때, 2학년 때의 위기는 합당한 이유가 있다면 극복 사례로써 긍정적으로 보기도 한다. 그런데 슬럼프와 절망을, 내가 계획할 수 있을 리가! 애석하게도 3학년 때 온 슬럼프는 용서가 잘 안 된다. 슬럼프에 빠진 모습이 대학이 면접 때 보는 '현재'의 모습이기 때문이다.

위에서 살펴본 이런 기이한 현상은 특목고나 자사고에서 두드러지고, 일반고에서는 이러한 경쟁이 덜 치열할 수는 있다. 그러나 이러한 방법이 누구나 원하는 그 '서울 안에 있는 대학'을 가는 가장 보편적인 방법이 되어버렸음은 틀림없다.*

* 최대 반전! 저 《피로사회》 책 내용을 한 대학교 학생부 종합전형 자소서에 써서 냈다. 그걸 보신 입학사정관님이 어떤 표정을 지으셨을지는 의문이다. 참고로 난 그 대학의 서류 전형에서 불합격했다.

작위적인 생기부가 선사하는 참된 배움

그러면 이 생기부를 채우는 방법에는 수상 실적과 과목별 '세특' 정도밖에 없는가? 그렇지 않다. 자율활동·동아리활동·봉사활동·진로활동이 바로 그 주인공인데, 2022학년도 대입 때부터는 내가 적용받았던 현행 생기부 제도의 절반 자수만을 쓸 수 있게 되었지만, 여전히 그 중요성은 사라지지 않는다. 이 항목을 채우기 위해 또다시 온갖 활동들이 난무한 학교가 또 우리 학교였는데, 좀 심한 면이 있었을 뿐이지 기본적으로는 다른 학교들도 비슷하다. 각종 대회를 개최하고, 보고서를 작성하고, 동아리 활동도 열심히 한다.

특히 각종 학생 주도 행사들이 나름대로 의미가 있다. 이들 활동 내용은 압축되어 자율활동란에 들어가서 생기부를 통해 자신의 관심사를 어필할 수 있게 된다. 참고로 이들 행사는 내가 2학년이 되면서부터 '대회'라는 명칭의 사용이 금지되면서 '세미나'나 '심포지엄' 등으로 이름이 바뀌었다. (잠시만 그럼 체육'대회'는?)

나 역시 많은 종류의 학생 주도 세미나에 참여했는데, 이들은 말 그대로 학생들이 직접 세미나를 기획해서 활동하는 것이다. 학교생활을 거치며 학교 정규시간에만 할 수 있도록 했는데, 나도 '모의협동조합 세미나'라는 것을 2년 동안 주도

해서 개최했다. 직위는 휘황찬란하게도 '조직위원장'. 당시 세미나를 만들기에 부족했던 리더십이 조금씩 발달하는 과정은 내 자기소개서에도 소개되어 있다.

그러나 이런 활동에 대해 떠올리면 신문에서는 항상 대필로 소논문을 작성하고, 엉터리 교내 행사를 만들었다고 얘기한다. 실제로도 그런 사례가 종종 있음을 뉴스로 확인한다. 실제로도 우리의 이런 행사들은 매우 작위적이며, 활동하면서 생기부 백몇 자에 어떻게 활동을 녹여낼 수 있을까 골머리를 앓기는 한다. 그런데, 생각보다 학생들은 이 점에서 순수했다. 특히 우리 학교의 경우.

역전이 이루어지는 순간이다. 이런 각종 시답잖은 내용의 진정성 없는 행사명 아래서 너무나 진정한 공부가 이루어진다. 교사도, 학부모도, 교육부도, 언론도 알지 못하는 사이에 학종 사회는 '괴상한' 학습 방식을 만들어낸다. 우리는 이걸 통해 진정으로 배운다!

대체 무슨 말이냐고? 곰곰이 생각해보자. 본래 이런 세미나의 목적은 형식적인 생기부 작성에 있다. 따라서 초고효율적인 입시 계획대로 움직인다면 세미나는 건성으로 하고, 생기부를 채울 궁리만 하면 된다. 그런데 어느새 우리는 이에 진심으로 참여하게 된다. 허깨비뿐이었던 세미나가 그렇게 채워진다. 비록 학년이 올라갈수록 조금씩 '초효율적으로' 변하긴 하지만, 내 경험으로 보았을 때 생기부와 관련 없이 그 순간만큼은 토론하고, 아이디어를 내면서 배웠다. 이 생기부만을 위한 일에 몇십 명의 학생들이 열변을 토하며 상대방의 아이디어를 비판하고, 머리를 쥐어짜면서 보완책을 찾을 이유가 뭐가 있단 말인가!

그런데 학생들은 한다! 학원까지 빠져가면서! 웃기면서 슬픈 일이지만, 학생들은 효율적으로 자신의 시간을 관리하지만, 그 효율성의 범위는 제각각이기 때문에, 때로는 그리 중요하지 않은 이런 생기부 몇 자를 위해, 혹은 친구를 따라서(?) 세미나에 적극적으로 참여한다. 또 역동적인 우리는 아무리 작위적이고 엉성한 세미나가 꾸려진다고 해도 우리의 에너지가 그 딱딱함을 부드럽게 채운다.

어쩌면 이게 자꾸만 바뀌는 입시제도에서 학생들이 유연하게 살아내는 이유이기도 하다. 입시에서 진심 따위가 성공을 보장한다는 건 헛소리이지만, 적어도 가식적으로 '시간 때우기'를 하는 것보다는 적극적으로 참여하는 게 그나마 면접에서라도 당당해질 수 있다는 것도 사실이니까.

시험 기간, 두 가지 게임

그러나 이 모든 것의 기초는 내신이기에, 시험 기간은 언제나 중요하다. 모두 알다시피, 내신을 반영하는 대부분 수시의 경우 대학에 가기 위해서는 1년에 네 번의 정기고사를 치러야 한다. 생기부에 포함되지 않는 3학년 2학기는 제외하고 계산해보면 한 정기고사 당 6~10과목이 있으므로 80회 정도의 시험을 치른다. 이 시험 기간은 시험 기간(진정한 의미의 '시험을 보는 기간')의 3주 전부터 시작되기 마련인데, 나로서는 두 가지 게임이 시작되는 공간이다.

첫 번째는 '궁금한 것 찾기 게임'이다. 시험 범위 안의 내용에서는 내가 모르는 것이 있어서는 안 된다. 단순히 교과서에 있는 내용을 외우는 것만으로는 조금 부족하다. 항상 한 번 더 눈여겨보며 내가 '궁금한 게' 없는지 탐색해야 한다. 결국 시험 때에는 얼마나 내가 궁금한 게 많았는지에 따라 성적이 갈리기 때문이다. 나도 시험 기간 전에는 너무나 쉽게 이해되는 과목들이 시험 기간에만 돌입하면 갑자기 학습 내용에 여러 의문점이 생기기 마련이다. 이것이야말로 인체의 신비다.

공부법에 대한 얘기는 훨씬 좋은 얘기들이 많아서 굳이 언급하고 싶지 않지만, 포스트잇을 사용해서 그 '궁금증'을 책에 덕지덕지 붙여놓는 게 나에게는 도움이 되었다. 조금 산만한 편이고, 영 읽기 불편한 필체를 가졌던 나로서는 무엇이 궁금했는지 금방 적어서 해당 분야에 붙여놓지 못하면 까먹었다. 나와 비슷한 성격을 가진 학생이라면 작은 포스트잇에 수업 도중이나 공부 도중 갑자기 떠오르는 의문점이 있다면 얼른 적어두고 삐죽 나오게 책에 붙여봐도 좋을 듯하다. 이후 궁금증을 인터넷에서 찾아보던, 선생님께 질문하던, 알아서 깨닫든지 간에 해결된 후에는 삐죽 튀어나오지 않게 다시 안으로 붙여주는 방식이다.

두 번째는 '자습 시간 눈치 게임'이다. 주로 자습이 많아지는 수업 시간, 늘어난 이 자습 시간이 바로 학생들 간의 긴장으로 인한 파장이 나뉘는 시간이다. 선생님이 교실에 계실 때는 큰 문제가 없다. 떠드는 것도 정도껏 하게 되기 때문이다. 그러나 야간 자율학습 시간이나 선생님이 안 계신 교실에서 모든 일이 일어난다. 여러 상황이 앞에서 펼쳐지고 여러 선택 사이에서 망설이며 정작 공부에는 집중하지 나를 발견할 수 있다. 우선 상황을 보면,

자는 친구들-아무 피해가 가지 않는다. 이런 생각을 하면 죄책감이 들지만, 솔직히 말해서 뭐 어쨌든 저 시간 동안 나는 공부를 하는 셈이니 오히려 이득이라는 생각이 들기 마련이다.

떠드는 친구들-진짜 문제다. 쉬는 시간에는 그렇다 쳐도 이는 조용한 교실의 적막이 아무렇지 않게 불쑥불쑥 깨지는 이유다.

여기서 개개인에게는 고민이 생긴다. 여기서 다시 두 부류로 나뉜다. 가만히 있을 것인가(속으로 앓는 길), 성깔을 부릴 것인가(우선 지르고 보는 길). 이런 선택이 쉽지 않은 이유는 학급도 하나의 사회이기 때문이다. 따라서 눈치 게임이 시작된다. 내가 떠들었던 경험이 있다면 말하기는 더욱더 쉽지 않다. 웃는 얼굴에 침을 뱉기도 쉽지 않고. 시험공부가 사회학습이기도 한 이유다.

나는 원래 전자, 속으로 앓는 편이었다. 그러나 시간이 흐르며 착한 남자 한 명이라는 프레임에서 벗어나고, 내 코가 석 자라는 느낌을 받자 가끔은 말하기 시작했다. 예민 끝판왕이 되었을 때는 대각선 친구가 다리를 떠는 것에서부터도 고통을 구매하기 시작했다. 5번, 6번을 참다가 겨우 말했다.

"저기 미안한데, 다리 조금만 덜 떨어줄 수 있을까?"

지금 생각해봐도 그 친구한테는 미안하다.

이러나저러나 피가 말리는 기간이다. 학생들의 건강 상태가 점점 나빠지고, 겨울이라면 독감이 돌기 십상이다. 학교가 지옥 같은 공간으로 변한다. 아 오해는 금물이다. 한 명도 떠들면 안 되는 살얼음판이 된다는 뜻이 아니다. 이 기간에 학생들은 차분해지기 보다는 오히려 억눌린 기운을 다른 곳으로 배출한다. 주로 폭력이 잦아지고, 말투가 날카로워지는 등의 방식으로 표출된다. 몸을 뒹굴며 움직이거나 수다를 과하게 떨기도 하는데, 누군가는 남에게 전가하는 방식으로, 누군가는 스스로 흡수하는 방식으로 이를 소화한다. 이 점에서는 남학생이든 여학생이든 별반 다르지 않다.

특히 진정한 시험 기간에는 본인의 시험 성적에 대한 거짓말이 난무하게 되고 과목별로 할당된 학생이 적은 경우, 내 앞에 몇 명이 있는지를 알면 자신의 등급이 바로 유추된다. 다행히도 무슨 드라마에서 나오는 것처럼 1등부터 200등까지 학교 게시판에 붙여지는 그런 문화는 없다. 전국 몇 등 이런 개념도 요즘에는 거의 존재하지 않는다. 다만 전교 10등 정도까지는 누구일지 정도는 예측된다. 사실 내 공부와 전혀 상관없는 얘기이지만 궁금한 법이기에.

그리고 성적표가 나오는 날, 아무도 모르는 사이에 모두가 하는 말이 나온다. '성적 나왔다고.' 모두 다 하는 말인데 뭘 모르냐고? 상대평가 내신 산출 방식에서 언제나 성적은 '나오는' 것이지 우리 스스로가 '낼 수' 있는 게 아니다. 점수를 '내기' 위해 노력을 했더라도 상대적인 등급은 내 손 밖의 객체다. 그런데 어떨 때는 그 등급이 나와 같은 몸이 되어버린다.

시험 기간마다 생각나는 노래가 있다. 러시아의 록스타 빅토르 초이(Виктор Цой)가 속했던 밴드 키노(Кино)의 노래 〈뻐꾸기(Кукушка)〉가 그것이다. 반에서 지쳐 잠들어 있는 친구들을 보면 괜스레 그 가사가 떠올랐다.

Кто пойдёт следу одинокому?
누가 외로운 길을 따를 것인가?

Сильные да смелые головы сложили в поле в бою.
강하고 용감한 자들은 전투 중에 자신의 목숨을 싸움터에서 버린다.

Мало кто остался в светлой памяти, В трезвом уме да с твердой рукой в строю, в строю.
내 기억 속에는 몇 명만이 취하지 않고 강하게 주먹을 쥔 채로 대열에 남아 있었다.

수험생은 왜 노약자석에 앉아도 되는가?

여기서 수험생이란 주로 고3과 같이 1년 이내에 수능 시험을 치르는 사람들을 지칭하는 말이라고 해두자. 위에서 말한 시험 기간이 고1, 고2 때 있는 3주간 4번 있는 기간이라면 고3 때는 거의 매일매일 시험 기간이 되기 때문이다. 건강 편에서 다시 다루겠지만 나는 건강이 그리 좋지 못했다. 이미 단골이 되어 버린 약국이 있을 정도였다. 그런데 그곳을 찾아가면 각종 영양제와 보조제를 팔고 있는 것을 발견할 수 있는데 항상 추천인은 다음과 같았다.

- 어린이
- 임산부
- 노약자
- 수험생
- 기타 등등 기력 회복이 필요하신 분

항상 수험생은 저 중에 꼭 쓰여 있다. 물론 저 수험생의 범주 안에는 수능 수험생 외에도 다양하겠으나, 다수를 차지하는 보편적인 수험생은 수능 수험생이다. 신기한 건 저 목록에서 수험생만 제외하면 모두 지하철 교통약자석에 앉을 수 있는 사람들이라는 사실이다. 수요와 공급 같은 경제적인 측면에서는 수험생이 충분히 보장받는(?) VIP 단골이자 건강 약자인데, 실제로 그 약함이 사회에 와닿지는 않는다. 다른 약자의 경우 주로 외형으로 드러나지만, 수험생은 정신적인 스트레스가 극심하기 때문이다.

'작심 발언! 정부에서는 전국 모든 수능 수험생에게 수험생 카드를 배부해서 건강보조제 할인과 지하철 엘리베이터 이용을 허해야 한다!'

농담이다. 이건 한 예시일 뿐이지만 그만큼 한국에서 '수능'이라는 하나의 시험에 의약품 시장이 그만큼 신경을 쓰고 있음을, 또 수험생들의 육체적, 정신적 노동 강도가 세다는 것을 방증하고 있지 않을까?

누구에게나 몸에는 약한 부위가 있다. 소화기라던지, 눈이던지, 호흡기던지, 구강이던지, 등등, 그런데 하필 정신적인 스트레스는 그런 곳을 공격하기 마련이다. 나 역시도 잘만 먹던 고등어를 고3이 되어 먹자 코가 빨개지는 증상이 나타났다. 그리고 더 놀라운 점은 수능 및 대입 결과 발표와 동시에 이런 고통이 말끔히 사라진다는 것이다. 나뿐만 아니라 주위 많은 친구가 경험한 인류의 신비다.

한국 사회에는 어느 아마존 원시 부족이 성인식을 치르듯 입시 제도로 자신을 초월하게 한다. 이는 성인이 되었을 때

맞이할 경쟁 사회를 대비시키고 동료들과 함께 행하며 등급까지 매겨주니 이런 훌륭한 제도가 어디 있겠는가! 아, 다만 이 성인식은 3년 동안 치러야 하며 얼마든지 연장될 수 있다. 어느새 순서가 거꾸로였다. 공부해서 성인이 되는 것이 아니라 성인으로 인정받으려고 공부하고 있었다.

성별에 대하여

이 장의 제목을 보고 흠칫(!)하는 독자가 많을지 모르겠다. 논란이 많은 주제를 이렇게 대놓고 쓰다니! 최근 몇 년간은 너욱더 무게감 있는, 입밖으로 꺼내기 힘든 주제가 되어버렸다. 신기하게도 우리가 이 주제에 관심이 더 많아질수록 일상생활에서 하는 이야기와 토론은 되레 더 꺼려졌다. 그러나 나는 무게감과는 별도로 이 주제에 있어서 입막음이 있어서는 안 된다고 생각한다. 공개적으로 표현되지 못할 양심이 비양심적으로 표현되는 경우를 종종 보았다.

더 신기한 것은 이런 현상과는 별개로 이미 모두가 이 주제에 대해 관심이 있다는 점이다. 아마 이 주제가 단순한 학문이 아니라 우리 생활이기에 이미 충분한 관심이 우리 마음속에 있기 때문이 아닐까? 나는 여기서 추호도 누군가를 편들거나 어떤 주장을 지지하는지 말하고 싶지 않다. 다만 내게 어떤 일이 있었는지, 어떤 것을 배웠는지, 어떤 생각을 했는지 되짚어보고 싶다.

슬기롭지 않았던 나의 학급 생활

"저기 죄송한데요, 혹시 그거 아세요??"

"뭘요?"

"학생이 이번 기수 프랑스어과 유일한 남자 한 명이에요."

"아 그래요?"

고등학교 신입생 OT 첫날이었다. 심지어 더 충격적인 사실을 미리 귀띔하자면 프랑스어과는 단일 학급이기에 3년간 반 구성원이 바뀌지 않는다. 그러나 이미 그럴 것이라는 소문을 들었기 때문에 크게 당황하지 않았다. 오히려 기대가 되었다. (이상한 놈인가 생각될 수 있다. 차차 들어보시길.) 이 말을 전해주었을 때의 주변 남자 친구들 반응처럼 여자가 단순히 많아서가 절대 아니었다.

그보다는 여학생들과 함께 지내는 게 그리 두렵지 않아서였다. 우선 가족부터도 아빠보단 엄마, 누나와 어떤 일을 할 때가 많았고 초등학교, 중학교에서도 여학생들과 그리 어려워하지 않았다. 학원에서도 여학생 친구들과 스스럼없이 지내는 편이었다. 자연스럽게 나는 성별 간에 차이가 크지 않다고 생각했고, 나 역시 판 젠더(pan-gender)와 조금은 유사하게 성별이 아니라 사람에 따라서 모든 성향이 갈리지 않을까 하는 추측을 했다. 그래서 만약 청일점이 되어야 할 사람이 있다면 모두와 잘 지낼 수 있는 내가 아닐까 생각했다. 나중에 내가 깨달은 사실이 있다면, 모두가 잘 지내는 사람은 사실 아무와도 잘 못 지내는 사람일 가능성이 크다는 것이었다.

아무튼, 게다가 나는 특별한 걸 너무나 좋아했다. 내가 특별했으면 좋겠다고 생각했다. 내 성씨가 뭔가 특이한 것이길, 내가 혼혈이면 좋지 않을까부터 뭔가 특이한 물건을 가지면 좋을 거 같다는 생각을 어릴 때부터 해왔다. 초등학생 때 16살에 요트로 세계 일주를 한 청소년의 책을 읽으며 난 그전에 해야겠다고 생각했다. 그리고 16살이 되었을 때 나는 여전히 내가 만든 박스 뗏목을 왜 우리 동네 하천에 띄울 수 없는지 고민하며 살고 있었다.

공부를 잘하면 특별하지 않을까 생각하기도 했다. 한국사 공부에 꽤 소질이 있던 나는 초등학교 5학년 때 공부를 해서 한국사능력검정시험 1급을 겨우 딴 적이 있었다. 그게 내가 보기에는 가장 특별하고, 내 정체성을 규정 짓는다는 느낌을 받았다. 비록 그럴수록 남들과 내가 너무 달라 보이는 게 불편하기도 했지만. 어쩌면 남들이 나를 공격하지 못하도록 일부러 방패를 만든 것이었을지도 모른다.

돌아와서, 그런 점에서 반에서 나만 남자라는 점은 다른 우려에도 불구하고 남들에게는 어려워 보이지만 나에게는 정작 쉬운, 그러면서도 인정받는 도전 과제처럼 여겨졌다. 이 도전이 끝날 때쯤 남들과 내 관점은 오히려 뒤바뀌어 있으리라는 점은 생각지도 못했다.

첫 6개월은 너무 좋았다. 모든 게 좋았다. 비록 집에서의 짜증이 늘어난 것은 있지만, 소극적이었던 나는 불어과 청일점이라는 이름만으로도 많은 친구를 사귀게 되었다. 남학생만 있는 반보다는 좀 더 교실이 위생적인 것 같기도 했다. 반드시 여학생이 더 깨끗하다고는 할 수 없겠지만. 아직은 조금 덜 친해져서 그런 것도 있었겠지만 반 친구들도 상냥했다. 수학여행은 영어 스페인어과 친구들과 한방을 쓰게 되었고 이 또한 그럭저럭 괜찮았다. 심지어는 성적도 반 1등이었다. (지낼 만한데?)

나는 마치 물 만난 고기처럼 내가 얼마나 특별한 사람인지 그 자체로 증명되는 것 같았다. 내가 얼마나 특별한 사람인지 증명하려 할수록 나와는 멀어지는 게 일반적이라는 걸 보았을 때, 이런 환경은 마치 하늘에서 그 기회를 거저 준 것만 같았다. 물론 그와는 반대로 중학교 때는 많았던 4차원 같은 말과 행동은 감춰야 했다. 중학교 때는 드러내려고 했던 것과 정반대였다. 남들에게 보이는 이미지가 바뀌었기 때문이다. 이미 나는 '착한 불어과 남학생'이 되어 있었고, 그게 조금 부담스럽기는 해도 아주 싫지는 않았다.

맨 처음 외고로 지원할 때의 원하는 꿈인 것은 아니었다. 내 로망은 나와 비슷한 관심사-정치, 경제, 사회-얘기를 반에서 나눌 수 있는 친구를 찾는 것이었다. 비록 같은 반에서는 찾기가 힘들었지만(그런 얘기를 나눈다고 해도 계속 흘러가기는 힘들었다), 다른 반에는 있었다. 그러나 나는 행운을 행복으로 바꿀 정도로 용기 있는 사람이 되지 못했고, 마음은 엉뚱하게도 불행을 바라고 있었다. 막상 그리도 원했던 것들이 버겁게 느껴질 때쯤, 프랑스의 록 밴드 앵도신(Indochine)의 유명하고도 몽환적인 노래 〈달에게 물었어(J'ai demandé à la lune)〉 한 구절이 떠올랐다.

Car j'imagine toujours le pire
난 항상 최악을 생각하니까

Et le meilleur me fait souffrir
최선은 날 고통스럽게 만드니까

1학기가 모두 끝날 무렵 남고에서 한 전학생이 우리 반에 찾아왔다. 우리 반의 분위기와는 조금 맞지 않는 학생이라는 생각이 들었다. 그가 우리 반에 적응하기가 힘들었듯이 나도 적응하기가 힘들었다. 그때부터 내 강박감이 나를 사로잡았다. '내가 저 애를 다 챙겨줘야 하나? 그러기는 싫은데? 우리 반 다른 애들은 안 챙겨줄 텐데? 내가 도덕적인 사람이 아닌 건가?' (너나 잘하지 그래, 세윤아.) 마치 내 독특함이 깨진 것 같아서 짜증도 났다. 아무하고나 잘 지낼 수 있다고 장담하던 내가 그런 모습이 아닌 게 너무 이상했다. 이걸 자연스럽게 받아들이는 데까지도 많은 시간이 걸렸다.

반에 있는 유일한 두 남학생이었지만 우리는 결코 서로 친하지 않았다. 서로 성향도 달랐고, 관심 분야도 많이 달랐기에, 우리 반의 환경이 아니었다 해도 친하기는 매우 어려웠을 것이다. 물론 지금도 그렇지만, 나는 그 당시 더 어리숙했고, 그에게 일부로 더 차갑게 대했다. 친하지 않으면 그걸로 끝일 뿐인데도 나는 억지 논리를 펼치며 스스로 왜 이런 일이 생겼는지 분석하려고 했다. 당연히 답이 나왔을 리 없었다. 그리고 다음 해 중간고사를 보기 전에, 그 친구는 다시 전학을 갔다. 그 친구가 처음 왔을 때 내 노트를 불쑥 읽어서 당황했던 것부터 나는 문제를 마주 볼 용기가 없었으니, 작별 인사 하나 제대로 했을 리가 만무하다. 지금 이 글을 쓰면서야 다시 연락했고, 그때 가졌던 내 태도에 대해 사과했다.

전학을 간 건 그 친구뿐만이 아니었다. 맨 처음 우리 학급 인원은 22명이었지만, 왔다 간 이 친구를 빼고 계산해도 일년 이후 우리 학급 인원은 18명으로 줄어버렸다. 우리 반에서 나온 이유는 각각 다양했다. 성적이 나오지 않아서, 아파서, 적응하지 못해서, 혹은 알 수 없는 이유 등등. 우리 반은 공개적인 다툼이 잦은 편이 아니었다. 편 가르기를 하는 반도 아닌 듯했다. 그런데 어떤 친구는 아무 말 없이 훌쩍 떠나버렸고, 어떤 친구는 반 아이들의 배웅을 받으며 떠났다. 그 이유는 어렴풋이만 알 수 있었다. 다만 반밖에서는 불어과의 기운이 좀 '세다'는 얘기는 종종 들려왔다. 언젠가 내가 남자 화장실 안의 작은 방에 있을 때였다.

"야 불어과에서는 00하고 세윤이 빼고는 착한 애 없어 진짜."

"인정."

내가 나오자 그 두 친구는 머쓱해 했다. 도대체 '세다'는 명확한 기준이 있는지 지금도 알 수 없지만, 그런 말들은 우리 반이 자랑스럽던 나 자신을 의심하게 했다. 소극적이었던 나는 반에서 일어나는 깊숙한 대화에는 참여하지 않았고, SNS도 일절 하지 않다 보니 약간의 정보와 내 머릿속의 상상이 다였다.

2학년 때는 각종 동아리 활동, 학생회 활동, 봉사활동, 시험 공부 등으로 인해 반에 머물 시간이 거의 없었다. 반에서는 그사이에 3명의 친구가 더 빠져나갔고, 개중에는 내가 등을 맞댈 수 있던 친구도 있었다. 갑자기 죄책감이 들었다. 친구들이 떠날 때, 나는 작별인사 혹은 저렴한 눈물만으로도 그 대가를 치렀다고 생각했다. 그런데 어느샌가 반에는 '뭔가가 이상하지 않아'라고 고민을 꺼내고 '왜 전학을 간 거지'라고 물을 친구가 없어졌고, 이런 말을 꺼내는 게 두려워졌다. 그리고 순간 느꼈다. 혹시 내 친구들도 이런 감정 때문에 이곳을 떠난 것은 아니었을까.

나치 집권 당시 독일의 목사 마르틴 니묄러(Martin Niemöller)가 했던 말이 다시 생각났다. 나치가 공산주의자를, 사회민주당원을, 노조원을, 유대인을 잡아갔을 때도 그들이 아니라는 이유로 침묵했지만, 자신을 잡으러 왔을 때 주위에는 도와줄 사람이 아무도 없었다는 그 유명한 금언 말이다. 나도 그랬다. 반에서 친구들이 하나씩 떠날 때 나는 성적도 어느 정도 좋은 편이었고, 같이 조잘거릴 친구도 있었고, 학교에 잘 적응했다고 생각했다. 그런데 내가 성적이 떨어지고, 친구에게 말 걸기가 겁나고, 시간이 지나며 별난 내 솔직한 모습이 보이자 나를 잡아줄 사람이 더는 곁에 없다고 느꼈다.

물론 돌이켜 생각해보면 이런 마음은 우리 반과 내 상황의 특수성에 기인했을 것이다. 우리 반의 경계선에 걸쳐져 있으면서, 그 중앙을 이상하게 보기는 쉽기 때문이다. 하지만 우리 반과는 별개로 전반적인 집단에 대해서는 이런 생각이 들었다. 문제아는 존재하는 게 아니라 만들어지는 것이 아닐까. 초등학교 때 항상 반에 한 명씩은 왕따가 만들어졌듯이.

'아우... 재만 없으면 진짜 우리 팀 완벽할 텐데....'

너무 쉽게 드는 생각이고, 너무 매력적인 생각이지만 아니었다. 아니다. 그렇지 않았다. 지금이 제일 완벽한 거였다. 저런 생각에는 끝이 없었다. 비록 개개인의 문제가 다 다른 것이라 해도, 사람 하나를 망가뜨리는 것 역시 일도 아니라는 말이 왜 나오지 어렴풋이 짐작할 수 있었다.

어쩌면 우리 사회도 그렇게 쳐내는 걸 일상적으로 '자연스럽게'라는 명목하에 하던 것은 아닐까. 이게 당연한 거라면서. 우리와 다르니까, 다수가 아니니까, 너무 별나니까. 그러나 그게 계속되었을 때 결국 내쳐지는 사람은 우리 모두이지 않을까. 자연스럽지 않은 환경에서 자연스러움을 내세우는 이유가 뭘까. 오히려 울타리가 필요하지 않을까.

다만 15명 밖에 없는 우리 반은 하나의 울타리 안에 있다기보다는 각자가 울타리를 치고 있는 듯했다. 단순히 3등 하면 3등급 나오는 8단위짜리 프랑스어 내신 때문만은 아니었다. 뭔가 잘못되고 있다는 느낌이 들었다. 나는 받았던 프랑스어과 배지를 다시는 어디에 달고 다니지 않았다.

내가 추구하던 특별함이라는 가치는 도리어 나를 위협했다. 남들과는 다른 즐거움이 있다면, 자동으로 다른 고통의 가능성도 수반됨을 의미하는 것이었고, 사실 그들은 모두 내게 짐이었다. 차라리 남들처럼 지냈으면 좋겠다는 생각이 처음으로 들었다. 그럼 이렇게 고통스럽지 않았을 텐데 하는 생각이 머릿속을 휘어잡았다.

3학년 때는 비로소 반에 있는 게 너무나도 불편해졌다. 건강에 관한 차후 이야기에서 설명할 일이 있겠지만 점점 반에 가는 것이 싫어졌다. 때로는 나만 느끼는 감정 같았고, 때로는 모두가 느끼는 감정이었겠지만, 그 입시의 분위기는 그야말로 숨 막혔다. 쉬는 시간만 되면 강박적으로 복도 끝 옥상에 올라가서 혼자 쉬고, 남자 화장실과 물을 받으러 정수기에 반복적으로 들렀다.

여학생과의 차이를 알려면 적어도 소수라도 주위 남학생들과의 공감대가 형성되길 바랐는데 반이 다르다 보니 '내성적임'이라는 방패를 끼고서는 쉽지 않았다. 스스로가 혼란스러워졌다. 무엇이 옳은 것인지를 따지려고 할수록 따질 수가 없었다.

청일점은 여자가 되거나 바보(사실은 더 심한 표현이었다)가 되거나 둘 중 하나라고 얘기했던 학원 친구의 말이 떠올랐다. 여자가 되길 거부하니까 바보가 되는 건가? 정말로 음의 기운이 강한 곳에 있으면 안 되는 건가? 하는 망상 아닌 망상이 들었다. 집에서도 엄마, 누나와 주로 생활하니 더 심란해졌다. 이런 생활을 했던 사람들의 예시라도 어디 있으면 좋으련만. 인터넷에서 명확한 사례를 찾기가 힘들었다. 2학년 때까지는 글로 읽히던 성별의 차이가 피부로 읽히던 참이었다.

성별과 공부 방법?

성별, 특히 남녀 차이에 대해 이야기를 하겠다고 이 장을 시작했지만, 여태껏 한 얘기는 너무나 특이적이고 개인적인 얘기밖에 되지 않기 때문에 고개를 갸우뚱할 수도 있겠다. 아 물론, 그 개인적인 얘기 때문에 의도치 않게 관련해서 바뀌게 된 제도가 몇 개 있기는 하다. 입학하면서부터 우리 반으로 인해 학급 부회장의 성별 개념이 학칙에서 사라진 것이다. (더욱이 우리 반은 학급회장 두 명도 여학생이었고 인원도 적어서 돌아가면서 했다.)

그래서 한 번 고개를 돌려 공부 얘기를 해보려 한다. 성별에 따른 차이에 대해 내가 교육학자도 사회학자도 아닌 이상, 내가 본 부분은 입시 정도일 것이기에.

나도 학교생활을 하며 성별에 따른 학습관 차이가 있다는 말을 많이 들었다. 보통 내신은 여학생이 더 강하고, 수능은 남학생이 더 강하다는 인식이 있다. 체력으로 대결하는 수능 같은 장기전에서는 남학생이 더 유리한 반면, 내신처럼 단기전이면서 꼼꼼하게 준비해야 하는 경우 여학생이 더 유리하다는 것이다. (아, 정말 그런가?)

나로서 고등학교에 다니기 전에 조금 의아했던 점은 어째서 여학생이 항상 유리하지 않냐는 것이었다. 생각해보면 남학생들의 에너지는 공부 외에도 너무나도 다방면에 분출된다. 점심시간마다 축구를 하고, 쉬는 시간에도 게임을 하고, 밤에는 음란물까지 본다. (오해하지 마시길. 여학생도 이 세 가지를 다 하기도 한다. 그러나 남학생이 그럴 경향성이 더 강하다.) 그런데도 막상 가보면 전체적으로 보았을 때 남학생의 성적이 여학생보다 꼭 떨어지지는 않았다. 다만 특이한 점이 있다면 남학생의 경우 성적이 좀 양극화되는 경향 정도? 그것도 통계학자가 아니기에 확신하지는 못하겠다. 그런데 잠시만, 그럼 여학생들은 뭘 하고 있었단 말인가. 고등학교에서 계속 생활하며 그 차이를 어느 정도 짐작할 수 있었다.

우선 월경통으로 인한 것은 너무나 명백하다. 사람마다 차이는 있겠지만 월경으로 인해 아파하는 친구들을 자주 목격했다. 나는 경험한 사람이 아니니 말을 아끼겠다. 화장으로 인한 시간도 있지만 역시 개인적 편차가 크고 시험 기간이냐에 따라서 집단적 편차도 커지기에 여기서 더 논하기는 어려울 듯하다.

그리고 여학생도 나름대로 비슷한 여가를 즐긴다. 축구를 안 한다고 해서 공부를 한다는 뜻은 아니기 때문이다. 나는 축구를 별로 좋아하지 않았지만, 그 시간 동안 유튜브를 봤으리라 짐작할 수 있는 것처럼. 소비자에서 생산자가 되기도 하는 아이돌 팬덤 문화도 그 한 예시로 볼 수 있다.

그렇다. 차이는 있었다. 하지만 그 차이가 성적에 영향을 미칠 정도인가? 글쎄다. 다만 다른 방향을 하나 논해보고 싶다. 오히려 더 크고 치명적일 수 있는 공부 방해 요소 말이다.

세대별로 상대적인 차이는 있겠지만, 공부 시간의 확보는 매우 중요하다(공부 효율이 극도로 높지 않은 한). 그 점에서 실질적인 공부 시간을 줄이는 요소는 하나 발견할 수 있었다. 바로 스트레스다. 그리고 그 스트레스를 유발하는 가장 큰 요인 중 하나는 아무래도 인간관계다. 지금 당장 서점에만 가도 어깨를 토닥여주는 책을 찾아 사람들이 지갑을 꺼내는데, 청소년이라고 다를까.

인간관계를 다 끊어야 공부를 할 수 있다는 뜻이 아니다. 인간관계에 너무 신경 쓰지 않는 사람이 공부할 시간을 더 많이 확보할 수 있다는 뜻이다(공부를 잘한다고는 안 했다. 이 요소만 영향을 주는 게 아니니까). 연애, 뒷담, 따돌림 외에도 많은 인간관계 요소가 공부하기를 힘들게 한다.

문제는 오히려 이것을 양성화할 수 있느냐는 거다. 청소년의 고민에 대한 통계를 보면 친구 관계나 이성교제가 고민이라는 사람은 거의 없다. 대부분이 학업에 대한 고민, 또 진로에 대한 고민이다. 그렇지만 통계가 보여주지 못하는 부분도 있다. 아래와 같은 사고를 하기 십상이다.

• 친구랑 다툼. 어떻게 화해해야 할지 어떻게 문자를 보내야 할지 감이 잘 오지 않음. 독서실에서 계속 고민함. 시간은 흐르고, 화해해야 하는데, 하필이면 오늘까지 끝내야 할 숙제까지 있네! 아, 게다가 중간고사 며칠 안 남았는데. 아, 공부가 문제네....

이러면 어느새 스트레스와 고민은 공부에 관한 것으로 바뀐다.

게임을 안 하고, 아이돌 영상을 안 보는 것은 실천 가능성과는 별도로 눈으로 쉽게 확인할 수 있는 조치다. 하지만 머릿속에서 일어나는 인간관계에 대한 고민과 스트레스가 그런 것보다 더 집요하다. 그 친구가 나에게 상처 줬던 말을 곱씹고, 화해를 위해 내가 뭐라고 문자를 보내야 할지 고민하는 시간은 눈에 잘 보이지 않는다. 아무리 눈이 책에 가 있어도 머리로는 자꾸 다른 생각을 하게 된다. 그런데 스톱워치로 보면 시간상으로는 내가 공부를 한 것이 된다. 스톱워치는 책상에 있지 머리에 있지 않으니까. 그러니 이런 생각을 양성화해서 내가 알아채고 뒤로 미루는 것이 좀 더 효율적이지 않을까.

2019년 통계청의 자료를 보면 평상시 스트레스를 '대단히 많이' 또는 '많이' 느끼는 사람의 분율인 스트레스 인지율에서 고등학생의 경우 여학생이 51.5%이며 남학생이 34.1%인 것으로 나타났다. 이런 점에서 개개인에게 그대로 적용해서는 결코 안 되겠지만 여학생의 경우 더 스트레스에 취약하지 않았나 하는 의문을 가지게 한다.

더불어 강조하지만, 많은 고민과 스트레스로 인해 실질적인 학습 시간이 줄어들 수 있음을 제시하는 것이지 성적이 낮아진다는 뜻이 아님을 명심해주시길 바란다. 다만 공부 습관에 있어서 쉽게 자각하지 못하는 요소이자, 성별 간에 차이가 존재할 수 있는 요소라는 점을 말하고 싶었다.

뭉뚱그려서 보았을 때 고등학교 생활을 하며 공부할 때 성별 간에 차이가 존재하지 않는다는 의견에는 선뜻 동의하기 힘들었다. 그러나 서로 다른 약점이 존재할 수는 있어도 전체적으로 보았을 때 성적에 영향을 주는 정도의 차이는 크지 않아 보인다. 두 번째 질문에서 보듯이 성별보다 공부에 영향을 주는 중대한 요소는 많다. 그러니 차이가 있다고 해도, 그것에 집중하기보다는 자신을 파악하는 요소 정도로 활용되는 게 맞지 않을까. 자신을 알아야 맞는 공부 방법도 알 수 있기 때문이다.

아무리 '있는 그대로'를 논하려 해도, 어디까지가 '있는 그대로'인지 아직 우리는 잘 모른다(적어도 나는 그렇다). 어떤 과목은 남학생이 강하고 어떤 과목은 여학생이 강하다는 말도 하고, 이에 대한 반증도 많지만, 아직 논쟁거리고 정설은 없다. 뭐, 학생으로서 당장은 별수 없었다. 공부할 때 그런 말에 휘둘리는 게 되레 앞에서 말한 '스톱워치로만 공부'를 낳는 것이 아니겠는가! 그렇든 아니든 '내가' 시험 잘 보는 과목이 있고 '내가' 시험 못 보는 과목이 있을 뿐!

두려워도 마스크를 벗을 수 있다면

내가 고등학교에 다닐 때 이른바 젠더 이슈가 큰 화제가 되었다. 서점은 온갖 페미니즘 도서를 전면에 내세웠고, TV와 인터넷에서는 계속 토론이 벌어졌다. 근처 동네에서는 페미니스트임을 자처한 시장 후보의 선거 벽보가 훼손되기도 했다. 내가 지금 글을 쓰는 2020년에는 조금 지친 듯한 느낌도 들지만, 앞으로도 논의는 계속될 것이다.

그런데 이런 논의가 활발해지는 게 우리의 실체가 무언가 많이 바뀌어서 그럴까? 아니면 한민족은 뭔가 다른 민족과는 다른 게 있는 걸까? 물론 사회가 많이 바뀌긴 했다. 예를 들면 영상 포르노 같은 것은 분명 현대의 발명품이다. 콩알만 한 몰래카메라 역시 사람들을 위태롭게 한다. 그렇지만 정말 그런 기술적인 변화가 이 모든 것을 낳았을까? 오랜 시간 동안 있었던 본질적인 성별 구조가? 짧은 식견에도 계속 나오는 이런 이슈는 나를 고민에 빠지게 했다.

우선 내 생각은 '글쎄요'다. 그런 점도 있겠지만 되레 오히려 활발한 소통이 이유 중 하나 아닐까? 기술적인 발전이 위의 것뿐만 아니라 수많은 정보의 확산도 쉽게 하고 있기 때문이다. 다른 종교가 현재 충돌하고, 서양과 동양이 충돌할 때처럼 누군가는 공통점을 발견하고 누군가는 차이점을 발견하기 마련이다.*

알아갈수록 경악하는 사람들이 있다. 누군가는 여성이 점점 사나워지고 있다고, 기가 세지고 있다고 말한다. 혹시 원래부터 그런 것이었지만 당신이 그저 사납지 않은 모습을 그려왔던 것은 아닐까. 누군가는 남성이 왜 이렇게 겁이 많아졌냐고 말한다. 혹시 원래부터 그런 것이었지만 당신이 그저 용감한 모습만을 그려왔던 것은 아닐까. 반대 경우라도 있는 그대로 보지 못한다는 점에서는 같다.

어떤 사람은 페미니즘은 방향에는 차이가 있겠지만 그 자체로는 반박 불가한 개념이라고 말한다. 맞다. 그런데 그 '페미니즘'은 무슨 페미니즘인가? 그 말에 대한 정의가 사람마다 너무나 다르다. 남한도 민주주의고 북한도 적어도 명분으로는 민주주의니까 민주주의는 반박 불가한 개념이라고 말한다면 누가 동의할 수 있을까. 어느새 그런 말들이 입에서 입으로 부드럽게 흘러가기엔 너무 무거운 말이 되어버렸다. 그리고 그 허깨비 같은 상징 속에서 중요한 알맹이는 지금도 가려지고 있지 않을까.

* 이 점에서 우리가 모두 인간이라는 점이 너무 다행이라고 생각한다. 성별이 있기 전에 인간이 있고, 사회적 인간으로서 하면 안 되는 행동이 뭔지 우리는 공감하기 때문이다. 비록 그 기준선이 반드시 고정되어 있지는 않지만.

서로 몰랐던 측면들을 간접적인 경로를 통해 알게 되며 얻은 충격이 최근 이 문제가 대중들에게도 부각되는 이유 아닐까. 기저의 정치적, 경제적, 사회적, 법적 요소는 항상 진행형이었다고 해도 말이다. 서로에 대한 궁금증을 직접 알려고 하지 않고 같은 성끼리 해결하려고 할수록 오해는 쌓이고, 마치 대결 상대가 되어버리는 과정이 반복되고 있다.

내가 지금까지 배운 역사로는 각자의 성별이 원시시대부터 생존을 위해 서로 전쟁한 적은 없는 것으로 알고 있다. 분명 관계가 예전과는 달라지는 새로운 국면을 맞이한다면, 결국 우리를 알아가려는 노력이 필요한 것 아닐까? 지금 어떤 기분이 드냐고, 어떤 생각이 드냐고 다소 불편하더라고 물어봐야 하지 않을까. 이미 우리는 밖에서는 마스크를 쓰고 다니면서 속으로 중얼거리고, 온라인상에서는 온갖 말을 퍼부어버리고.

두려워도 용기를 내어 그 마스크를 벗고 만날 수 있다면, 차라리 키보드로 썼던 그 말을 상대방 면전에다 서로 내뱉고, 소리 내 울 수 있다면.... (관련 지식이 부족하기에 더 쓰는 건 종이가 아까울 듯하다. 현재의 내 생각은 얼마든지 발전할 수 있으니까.)

비록 빈약한 내 과학 지식으로 인해 공상과 같은 얘기일 수도 있겠지만 나는 청일점으로 있으면서 남성이 위기임을 느꼈다. 많은 생물 종에서 수컷의 생식능력이 줄어든다는 소식을 뉴스에서 접하고, 그 원인은 지구온난화와도 무관하지 않다고 과학자들은 말한다. 게다가 인간 역시 선진국의 경우 인구가 점점 줄고 있다.

재미있는 점은 지구온난화를 야기한 그 원인에서 이 문제의 해결책도 나올 것이라는 사실이다. 분명히 이 현대 문명의 발전은 적어도 표면상으로는 남성 중심적 사회 안에서 이뤄졌다(그 반대라면 못했을 것이라는 말이 아니다. 오해 마시길). 그런데 그것이 도리어 남성을 위협하는 지구온난화를 만든다니, 아이러니다.

특히 매우 낮은 출생률은 그 자체로 이 문명이 지속가능하지 않다는 점을 강하게 내포한다. 아이를 안 낳아서 미래가 없는 게 아니다. 미래가 없어서 아이를 안 낳는다. 그리고 그 미래는 인류에게 오는 것이지 성별로 나뉘어 오지 않는다. 따라서 인간은 서로의 장점만을 취합해야 이 문제를 풀어갈 수 있고, 그러므로 해야 하기도 한다.

지금도 어딘가에는 서로를 죽이지 못해 안달인 사람들이 있다. 어떤 이들은 자신만의 주장을 펼치는데, 어떨 때는 이들이 마치 광신도 같다. 오직 자신의 종교만이 신앙이자, 정통이요, 근본이며 나머지는 모두 미신이라 믿는 종교 극단주의자들과 같다. 그러나 진정한 근본주의자는 자신의 믿음을 인정받고 싶어 하지 않는다.

가끔 우리는 어느 성이 더 사회적으로 가치 있는지는 따지려고 애쓰는 듯하다. 그러니 때때로 어떤 대상에 대한 공포와 혐오는 그 대상을 실제보다 더 강하게 만든다. 쉽게 말해보아서 진정으로 남성의 힘을 믿는다면 그것을 굳이 증명할 필요가 없다, 자신의 삶에서 그것이 증명될 테니 말이다. 뭐, 여성도 마찬가지다. 장난감을 사주지 않는 부모의 팔을 잡고 얼마나 자신이 더 세게 울 수 있는지 보여주며 행동으로 증명해보려 할 수 있지만, 우리 사회에는 부모가 없다. 따라서 우리는 모두 자신을, 또 서로를 그저 달래주는 것이 아니라 더 설득력 있게 주장할 수 있도록 도와야 한다. 뒤틀려진 밧줄을 풀 수 있도록 말이다. 우선 나부터... 총총총.......

너무 학문적인 얘기로 빠질 뻔했으니까 다시 돌아오면, 결국 개인적인 차원에서 나는 한 가지 간단한 결론만을 내놓았다. 있는 그대로 보려고 노력할 때, 신기하게도 사람은 모두 비슷해 보인다. 나 역시 특출나게 다른 사람이 되고 싶었지만, 우리는 모두 다 비슷비슷한 사람일 뿐이었다. 그렇기에 오히려 각자의 개성이 있을 수 있고, 또 한 명, 한 명이 가치가 있게 된다.

아까는 성별로 생기는 차이가 분명히 있다고 말해놓고서는 다시 갑자기 무슨 소리냐고? 그게 아니라 역시 말했듯이 성별에 대한 차이 역시 신성불가침의 영역처럼 여겨지지만, 사실은 수많은 정체성 중 하나일 뿐이라는 거다. 나는 정체성을 가진다. 하지만 정체성이 나는 아니다. 나는 최세윤이고 남자이고 한국 사람이고 20살일 뿐이지, 남자이고 최세윤인 게 아니기 때문이다. 결코 정체성이 나를 잡아먹게 하고 싶지는 않다.

2020년 3월 현재 벌어지고 있는 미국의 민주당 대통령 후보 경선에서 엘리자베스 워런 (Elizabeth Warren) 상원의원이 사퇴하자 한 기자가 질문했다. 경선에서 여성 차별을 느껴본 적이 있냐고. 그가 대답했다.

"'그렇다'고 하면 사람들은 나를 '불평불만주의자'라고 할 것이고, '아니다'라고 하면 수많은 여성은 '저 여자 도대체 어느 별에 사는 거야'라고 생각하겠죠."

아침마다 보는 신문에서 이 이야기를 접하고 가만히 떠올렸다. 그는 엘리자베스 워런이었다.*

* "너는 그 게임에 전부를 걸어야 한다[정미경의 이런 영어 저런 미국]", 〈동아일보〉, 2020.03.09. 제 29면

‘me’가 아닌 ‘me too’

프랑스어 시낭송대회를 마치고 괜찮은 성적에 만족하고 있을 무렵 친한 친구로부터 문자가 왔다. 지금 SNS 계정상에서 우리 학교의 미투 운동이 벌어지고 있다는 것이었다. 한 트위터 계정이 열린 것이었는데, 거기에는 몇 년 전 재학생이었던 졸업생의 제보부터 현재 학교에 다니는 학생의 제보까지 여러 가지가 게시되어 있었다. 개인적으로는 설득력이 없어 보이는 제보도 있었고, 수긍이 가는 제보도 있었다. 이미 근처 학교에서 몇 번 사례가 있었기에 그 자체가 당황스럽지는 않았다. 하지만 나는 전교 부회장이었다. 그 사실이 나를 당황스럽게 했다. 주말이 끝나고 월요일 곧바로 학생회는 비상 회의를 거쳐 전수조사를 하게 되었다.

너무 급작스러워서 전수조사가 맞는지 판단할 시간조차 부족했다. 오늘 안에 처리하지 않으면 학교에 대한 비난뿐 아니라, 이야기가 와전될 수 있겠다는 회장 친구의 말에도 수긍이 갔다. 다시 말해 가장 원초적인 자료를 수집해야겠다고 생각했다. 이러한 다짐 안에 학교 수업은 교감 선생님의 허락하에 그야말로 ‘땡땡이’를 치고 전수조사지를 만들고 배포를 준비한 후 방송실에서 중앙 통제를 한 후 전수조사를 진행하는 방식을 택했다. 이 모든 게 순식간에 이루어졌다.

그 당시 학생들이 학생회를 완벽히 신뢰했는지는 알 수 없다. 그러나 나는 학생을 신뢰했다. 비록 몇몇 3학년 선배로부터 은 입시에 부정적인 영향이 있을까 봐 학생회가 너무 '설치는 것' 아니냐는 얘기도 나왔다고 들었지만, 학생들끼리 다툴 여유조차 없었다.

그 새에 기자가 오고 온갖 자극적인 기사가 쓰여 나갔다. 다행히 그 주 내로 교육청에서 담당관이 왔고, 나는 처음 겪어보는 중대한 일에 새가슴답게 온몸을 바들바들 떨며 전수조사 과정에 대해 나머지 두 회장단 학생과 함께 설명했다.

결론적으로 그 전수조사는 익명의 고발 형식이었기에 이렇다 할 법적인 효력이 없었지만, 다행히도 교육청으로부터 담당관을 불러들이는 마중물 같은 역할 내지 심각성을 증빙하는 자료로써 활용되었다. 이후의 별도 고발 과정은 학생의 손을 떠났다. 이 일련의 과정에서 수많은 에피소드가 있었지만 중요한 점은 아니므로 굳이 언급하지 않겠다.

오히려 느낀 점을 얘기해보자면, 현실과 상상은 아주 달랐다는 점이다. 항상 드라마에서는 이런 일이 있을 때 학교가 조직적으로 은폐하려고 하고, 교사들은 학생들을 잠재우려 하고, 이에 맞서서 학생들은 단합한다. 모든 게 극적이다. 저번 '시험지 유출극'에는 드라마 엑스트라였기에 이번에는 조연 정도 차지하나 싶더니, 웬걸, 이번 장르는 다큐멘터리였다. 저런 극적인 일들이 다른 학교에서는 있었다는 이야기를 들었지만, 우리 학교의 경우에는 다행히 딱히 없었다.

관련 활동은 안전하게 학교의 허락을 맡아서 진행했고, 몇몇 선생님이 내게 찾아오셔서 이런저런 얘기를 하시긴 하셨지만, 진행방식에 대한 불만 정도셨다. 오히려 힘든 것은 행정처리였다. 전수조사지를 모두 분류하고 정리하는 데에 거의 밤을 새야 했다. 당연히 이 기간에 공부는 내팽개쳐졌다. 그리고 조금 외적인 부분에 있어서 학교, 교사, 학생 모두에게 각각의 입장을 이해한다는 게 힘들었다. 시시각각 변하는 상황을 알릴 필요가 있었다.

언제나 욕을 먹을 수밖에 없는 위치라는 걸 알았다. 모두가 학생회가 세운 방향과 맞을 리도 없고, 각자의 생각이 달랐다. 결국 이게 끝이냐고 항변하는 학생들도 있었고, 반면 학생회의 활동 자체에 부정적인 학생들도 있었다. 선생님들 역시 마찬가지였다. 어떤 선생님께는 문화충격과도 맞먹었을 수 있다. 어쨌든 이후 교육청의 처리로 사건이 진행되었고, 이후 교육부 장관이 우리 지역에 방문해서 우리 학교는 미투운동 우수 사례로 뽑혔다. 비록 나는 축제 진행으로 인해 학교에 남았지만, 나를 제외한 두 명의 회장단은 거기서 간담회도 하게 되었다.

진행하며 든 고민은 이것이다. 왜 이 운동은 '미'가 아니라 '미투'가 되어야만 했는가다. 혼자서는 말할 수 없던 것들이, 암묵적으로 지나쳤던 것들이, 같이 말할 수 있게 되자 입으로, 글로 튀어나왔을까. 분명 우리는 다수였지만 선생님 앞에서는, 시험공부를 할 때는 혼자였다. 가장 잘 뭉칠 수 있지만 동시에 가장 고독해야만 이길 수 있는 공간. 이 문제뿐만이 아니라 어떤 경우에라도 교실에서 손을 번쩍 드는 사람의 팔은 언제나 무거웠다. 향후 학교 상담실에는 새로운 관련 신고 방법을 도입하기로 한 이유도 이에 있었다.

학교는 마치 핸드폰처럼 약정이 걸려버린 곳이다. 따라서 학생의 경우 아무도 바꾸려 하지 않는다. 어차피 난 3년만 있을 거니까 이 정도 문제는 넘어갈 수 있다고 생각한다. 지긋지긋하지만 분명히 해방구가 보이니까. 그러나 그 믿음이 선배를, 우리를, 그리고 후배도 똑같은 레이스에 올려놓지 않았을까. 조금 힘들더라도 이 수직적 구조를 함께하면 충분히 바꿀 수 있을 텐데, 또 그 혜택은 그야말로 '모두에게' 돌아올 수 있을 텐데. 누군가는 학교의 격이 떨어진다고, 오히려 파장이 커지는 것이 아니냐고도 말했지만, 정부에 비리가 있다면 알리는 것이 애국인 것처럼 나는 이게 애교라고 판단했다.

지금 생각해보면 참 대한민국의 학교는 아이러니다. 빠르게 변화하는 그 '사회'에 적응하는 것을 돕기 위한 곳인데 학교는 그 '사회'와 가장 동떨어진 소(小)사회를 형성하고 있으니 말이다.

배드민턴 '경기' 만들기

앞서 말한 미투 운동은 생기부에 한 줄로 작성되어 있다. '교내 미투 운동을 책임지고 주도적으로 전수조사를 실시함.' 그리고 몇 줄 뒤, 이런 글도 있다. '배드민턴 경기(2018. 11. 23.-2018. 11. 27.)를 기획해 누구나 참여하는 장을 열었으며,'

경기라고 썼지만 실제로는 대회였다. 내가 만든. 세 번째 이야기에서 밝혔듯 그런 이상한 이름을 쓴 이유는 '대회'라는 명칭을 피하기 위해서였다. 비록 '성별'이라는 주제와는 간접적으로만 연결되지만 적지 않기에는 생각해 볼 점이 많아서 미투 운동과는 다르게 자소서에도 담지 못했던 저 한 줄에 대해 이야기를 해보려 한다.

전교 부회장이던 2학년, 체육대회라 부르지 못하고 '체육행사'라는 것을 준비하기 위해 학생회는 갖가지 노력을 들이기 시작했다. 종목은 4개-발야구, 피구, 축구, 농구-로 정하고, 앞의 2개는 여학생에게, 뒤의 2개는 남학생에게 할당했다. 본래에는 남녀 모두 4종목에 참여하는 것으로 진행했으나, 수요 조사가 이를 부정했다. 계주와 함께 줄다리기도 준비했는데, 향후 알게 된 사실은 학교에 밧줄은 있는데 목장갑은 없다는 것이었다. 흠.......

아무튼, 얘기만 들어서는 그렇게 까다로워 보이지 않지만, 막상 조를 편성하는 게 쉽지는 않았다. 반은 10개, 과는 세부적인 전공까지 나누면 7개인데 심지어 어떤 과의 경우에는 1학년과 2학년의 모집 인원이 달랐다. 그리고 가장 심각한 문제는 남녀 성비 차이였다. 우리 반처럼 남학생이 한 명밖에 없는 반도 있지만, 성비가 비슷한 반도 있었다. 특히 줄다리기 같은 부분에서는 어느 정도 고려를 해야 했다. 계주는 장애물 달리기로 해서 뛸 남학생이 부족한 과(어디 과인지 굳이 언급하지 않겠다.... 흑흑)의 불리함을 조금이나마 축소했다.

그러나 실제로 진행되었을 때는 뭔가 성공적이지는 않다는 느낌이 들었다. 같이 진행되었던 축제는 작년보다 내가 봐도 전반적인 매끄러움이 강했는데, 체육대회는 조금 쳐지고, '하는 사람만 하는' 축제라는 느낌이 들었다.

그때 학생들이 자발적으로 하던 풋살대회가 생각났다. 우리 학교 끝에는 아주 작은 풋살장이 있었는데, 그곳에서 풋살을 즐기는 남학생들이 자체적으로 돈을 모아서 토너먼트 방식으로 하는 대회였다. 아주 자연스럽게, 학교와는 상관없이 재미있는 학교를 만드는 방법이었다. 비록 난 그 대회에 참가하지는 않았지만, 인상 깊게 지켜봤다.

체육대회 이후 고민하던 나는 뭔가를 보여줘야 한다는 생각이 들었다. 차별 없는 학교, 뭔가 다 같이 즐길 수 있는 소소한 모임.

'어디 뭐 그런 거 없나?'

이 생각에서 배드민턴 대회, 아니 배드민턴 '경기' 프로젝트가 나왔다. 내가 원하는 것은 학생회의 이점과 저런 풋살대회 같은 학생주도 대회의 자연스러움을 합치는 것이었다. 그 점에서 배드민턴이라는 아이템은 실로 탁월했다. 우선 많은 학생이 성별과 관계없이 배드민턴을 두루 좋아했다. 특히 우리 학교의 경우에는 남학생 중에서도 풋살은 안 하지만 배드민턴은 유독 잘 치는 학생들이 있었다. 여학생 중에서도 배드민턴을 좋아하는 친구들이 많았다. 누구나 쉽게 참여할 수 있는 장, 그러면서도 재미있는 행사를 그리자!

다만 이 점에서 학교의 시설 이용 허락과 우승 상품에 대한 지원이 필요했다. 풋살대회와는 다르게 체육관에서 진행해야 했기 때문이다. 게으른 나답게 일은 느리게 진행되었지만, 그래도 그리 많은 준비가 필요한 것은 아니었기에 학생회 담당 선생님으로부터 인가를 받고, 시설 이용 허락을 받고, 매점 이용 상품권을 상품으로 준비했다. 그리고 남녀 복식 8팀 신청을 받는 공고를 내렸다. 물론 SNS를 안 하던 나로서는 친구에게도 부탁할 수밖에 없었지만.

아이디어를 내는 건 어렵지 않았지만, 이걸 앞장서서 실행하는 것은 거의 처음이었다. 이런 건 '정치적인' 역량이 필요했는데, 솔직히 나에게는 부족했다. 준비한 대로 일이 진행되지 않고 꼬이는 일도 더러 있었다. 학생회장이었던 친구는 양식화된 서류를 가볍게 여기는 나와 맞지 않은 부분이 있기도 했고, 착각으로 인해 여자팀이 9팀이 되면서 부드럽게 토너먼트로 하는 방식이 아닌 3명씩 짝지어서 리그전을 하는 구조로 바꿔야 하기도 했다. 딱딱 짜인 일정을 선생님께 허락받고 하는 일이었기에, 다시 짜려니까 힘이 들었다. 남에게 부탁할 수도 있었지만 그건 성에 차지 않을 것 같았다. 그런 갈등 속에서도, 나름 재밌는 행사가 열린 건 다행이었다.

고등학교 입학을 위한 면접 준비 당시 예비 질문으로 '본인은 어떤 리더라고 생각하나요'가 있었다. 나는 그때 면접을 도와주시던 선생님께 "꼭 외고에 다니는 사람은 리더여야 하나요?"라고 물었다. 아니 리더도 좋지만 일 잘하는 팀원도 많이 필요한데... 물론 선생님은 안 된다고 하셨다.

그랬던 나는 시간이 지나도 어떤 일을 책임지는 게 두려웠다. 그래서 무언가를 항상 하려고 해도 회장보다는 부회장을 하고 싶었다. 책임이 훨씬 적으니까. 그런데 막상 부회장으로 지내니 답답하기도 하고 욕심이 나서 내 이름을 걸고 활동을 하려니 어려웠다. 이런 작은 행사 하나를 담기에도 벅찰 만큼 내 그릇은 사실 작았다. 정확히 말해서는 결국 하나를 얻으려면 하나를 잃어야 했는데, 아무것도 잃고 싶지 않았다. 그러나 더 큰 일을 하려면, 책임과 업무를 친구들에게 조금씩 양도하는 게 낫다는 사실을 깨달았다. 미숙할지라도 용기를 내어 배드민턴 경기를 개최하며 배운 나를 칭찬해주고 싶다. (아… 차라리 이런 방향으로 자소서를 썼더라면… 대학도 내 의지와 상관없이 자기 대학에 입학하는 사람은 리더여야 한다니까…….)

귀엽다는 말을 자주 들으시나요?

사람마다 자주 쓰는 표현과 화법이 다르다는 사실은 너무나도 자명하다. 또 문화마다 다를지 몰라도, 그걸 구분하는 수많은 기준 중 하나는 성별에 따른 차이라고 생각한다. 나는 그렇게 일상적으로 쓰이는 말 중에서 '귀엽다'라는 표현을 고등학교 와서 더 많이 듣게 되었다. 내가 그런 말을 많이 하거나 들었다는 게 아니라 대화 중에서 그런 말을 많이 듣게 되었다는 말이다. 놀랍지 않게도 남학생이 남학생에게 귀엽다는 말을 쓰는 것은 나머지 3가지 경우(남학생이 여학생에게, 여학생이 남학생에게, 여학생이 여학생에게)보다는 흔치 않다. 그리고 귀엽다고 말하는 사람과 듣는 사람은 보통 정해져 있다.

귀엽다는 말은 무슨 뜻일까? 국어사전에는 '예쁘고 곱거나 또는 애교가 있어서 사랑스럽다.'라는 말로 풀이되어 있다. 실제로도 우리는 사랑스럽거나 아이 같은 모습을 볼 때 귀엽다는 표현을 쓰곤 한다. 어떤 친구가 말을 세게 해도 어수룩하다면, 귀엽다는 생각이 들 수 있다. 정말이지, 은연중에 귀엽다는 말이 튀어나오게 될 때가 종종 있다. 하지만 이 단어가 좀 부정적으로 쓰일 때도 있다. 아이 같은 모습이 항상 긍정적이라고 생각하는 사람이 거의 없겠듯이.

영어로 넘어가 보면 더 애매해진다. 그 'cute'에는 '귀여운', '(성적으로) 매력적인'이라는 뜻 외에도 한 가지 더 뜻이 있으니, 바로 '(이익에 있어서) 약삭빠른'이란 뜻이다. 어원이 'acute(예리한, 잘 발달된)'에서 왔으니 수긍이 가는 부분이다. 게다가 이 녀석, 생각보다 굉장히 모던한 단어다. 이 단어를 옥스퍼드 사전을 보면 1950년대부터 사용량이 급증했음을 알 수 있다. 이제 이 '귀엽다'는 말을 어떻게 해석해야 할까.

나는 귀여움의 대상이 되는 사람이 그 해석의 열쇠를 지니고 있다고 생각한다. 일반화의 오류를 내포하고 있는 말이지만, 만약 귀엽다는 말을 듣는 사람이 자신이 왜 귀여운지를 모른다면, 그건 조금 위험한 일이다. 그만큼 그 사람이 다소 미성숙할 수 있음을 의미하기 때문이다. 반대로 그 사람이 자신이 왜 귀여운지를 알고 있다면, 그 사람은 다소 약삭빠른 사람일 수 있다. 물론 '귀엽다'의 용법이 확대되고 있는 만큼, 한두 가지 사례로 설명될 수는 없다.

그래도 기본적으로 우리는 순수해 보이는 사람에게 귀엽다고 말한다. 애기 같고 귀여운 사람. 그런데 위와 마찬가지로 단정 지어서는 안 되지만, 남에게 순수한 것이 아니라 자신에게 먼저 순수해야 하지 않을까 싶다. 자신에게 순수한 사람이 남에게도 진정으로 순수할 수 있지 않을까? 어느새 우리에게 있어서 '순수한 사람=호구'가 되어버렸고, '귀여움'과 '순수함'이라는 단어의 진정한 의미를 고민해 볼 시간이 사라졌다.

곰곰이 생각해 볼 필요가 있다. 우리가 언제 귀엽다는 말을 쓰게 되는지. 주로 사람과 사람 간의 파장 또는 기운이 불균

형일 때라는 생각이 든다. 물론 이 단어의 사용이 매우 많아지면서 그 범위도 넓어지고는 있지만, 본래에는 아직 상대방의 감정 수준을 알지 못할 때 쓰게 되지 않는가 하는 것이다. SNS에서 만나는 수많은 사람, 잘 알지 못하지만 같이 있게 된 사람들, 서로서로를 모르는 상황일 때 귀엽다고 말하기는 너무 매력적인 단어다.

단짝 친구보다는 서로 아직은 서먹한 사이거나 마음이 덜 열렸을 때 상대방에게 귀엽다는 말을 더하지 않았는지 물어보고 싶다. 많은 사람에게 기분 나쁘지 않으며 공격적인 그 말 사이에서 '미묘'한 감정을 나누려고 간을 보고 있지는 않은지. 개인적인 상상이지만 반에서 지내며 여러 가지 생각을 할 수 있었다.

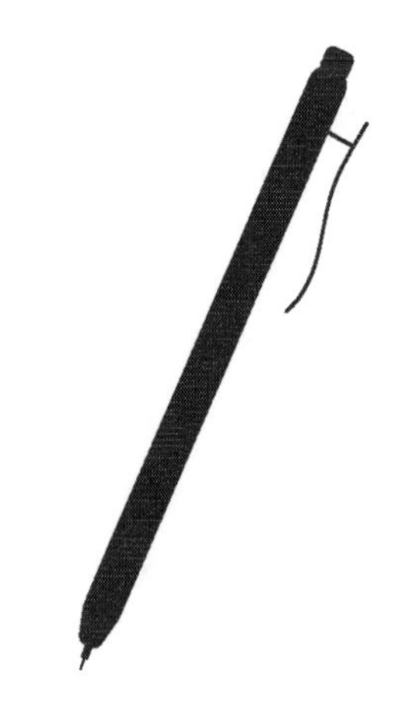

외국어에
대하여

이 질문에는 사실 그렇게까지 많은 고민을 담지 않았을 수도 있다. 다른 질문들만큼 어려운 주제도 아니고, 크게 문제가 될 만한 요소도 없어 보이기 때문이다. 그렇지만 정말 그럴까? 어쩌면 이 이야기 역시 꼭 필요한 이야기일지 모르겠다. 외국어고등학교에 관한 이야기, 또 외국어 학습에 관한 이야기를 담고 있다. 외고생은 진짜 사회를 모르고, 사람들은 진짜 외고를 모른다. 비단 이게 외고에 관한 얘기뿐일까.

운명을 뒤바꾼 5분

때는 거슬러 올라가 중학교 1학년 1학기 음악 시간. 중학교 때는 음악실이 따로 있어서 이동수업을 했다. 오늘의 주제는 뮤지컬이었다. 뮤지컬이 어떤 건지 배우고, 세계의 유명한 뮤지컬을 들어보는, 그런 수업이었다. 별로 부담도 없고, 설명 대신 영상 많이 틀어주시는 것이었으니, 출석번호 순이기에 맨 뒤에 앉아있던 나는 편안히 수업을 들었다. 오페라의 유령, 명성황후, 그리고 수업이 끝나기 10분 전, 프랑스 뮤지컬 〈노트르담 드 파리(Notre Dame de Paris)〉의 오프닝넘

버 '대성당들의 시대(Le Temps des Cathédrales)'가 흘러나왔다. 1998년 초연 때 가수 브뤼노 펠티에(Bruno Pelletier)가 부른 영상이었다. 이윽고 같은 뮤지컬의 또 매우 유명한 넘버인 '아름답다(Belle)'가 흘러나왔고, 그사이 수업 종은 쳐버렸다.

처음으로 수업이 끝나지 않길 바랐다. 나와 몇 명의 친구를 위해 선생님은 계속 그 영상을 틀어놓으셨고, 비록 다음 수업을 위해 나는 3분 정도를 보다가 우리 교실로 이동해야 했지만, 그 멜로디와 가사가 잊히지 않았다. 물론 단 한 글자도 알아들을 수 없었지만 말이다. 집에 가서 나는 컴퓨터로 그 영상을 다시 찾아보고, 들어보았다. 그리고 이 가사가 프랑스어로 쓰여 있다는 사실도 알게 되었다. 뮤지컬 배우의 이름인 브뤼노 펠티에를 보이는 대로 읽고서 '브루노 펠레티에르'라고 검색했다가 그게 아니라는 사실을 깨닫고 충격을 받기도 했다.

왜 이렇게 몇 년 전 일을 세세하게 기억하냐고? 그 수업 5분이 내 그 후 인생을 바꿔놓았기 때문이다. 다음은 이렇다.

인도의 발리우드 영화 OST나 디즈니 OST를 따라부르는 데에 일가견(?)이 있던 나는 이것도 따라부르기로 했다. 아직 변성기가 오지 않았기에, 큰 문제도 없었다. 그런데 발음이 문제였다. 영어는 적어도 읽을 줄 아니까 상관이 없고, 힌디어도 다 로마자로 쓰이기도 하니까 어느 정도 발음이 예상되었다. 그런데 프랑스어는 조금 달랐다. 비록 어떤 친절한 분이 한국어 독음을 알려주시기는 했지만 뭔가 영상에서 나오는 말과는 똑같지 않아 보였다. 많이 어색했다.

A4용지에 우선 독음을 연필로 열심히 받아적고, 거기에다가 한 소절 한 소절 노래를 들어가며 조금 더 완벽한 한국어 독음을 찾기 위해서 노력했다. 지금도 몇몇 종이가 남아있는데, 지금 보면 우습지만, 당시에는 최적의 발음이었다.

그렇지만 그 당시에 보기에도 한계가 너무 컸다. 그래서 결심했다.

'그래, 발음하는 법 정도까지는 알아야겠다.'

그 길로 서점에 가서 곧장 가장 쉽고 얇아 보이는 프랑스어 학습 교재를 샀다. 기존에 에스토니아라는 나라에 너무 흥미가 있어서 국내 유일의 에스토니아어 교재를 샀던 적 외에는 처음이었다. (위에서 밝혔듯이 '특이한' 걸 좋아하는 사람이 겨우 대중적인 '프랑스어'를 배울 생각이나 했겠는가? 이제는 인정해주고 싶다. 세윤아, 너는 에스토니아어를 몰라도 충분히 괜찮은 사람이야 물론 에스토니아어를 공부하는 것도 멋진 일이고.)

집에 와서는 CD를 CD 플레이어 기능이 있는 라디오에 집어넣고 알파벳을 한 글자 한 글자 읽기 시작했다. 곧이어 나에게는 충격적인 사실이 다가왔는데, 그건 바로 프랑스 사람들이 자신들의 수도를 '파리'가 아니라 '빠히'로 읽는다는 점이었다. 허탈했다. 지금까지 내가 적었던 그 기사들은 모두 부정확한 발음이었다니.... 그때부터 나는 발음을 익혔고, 한창 뮤지컬에 빠져서 한글 자막이 입혀진 그 2시간 분량의 뮤지컬을 거의 매일 보았다. 가사가 무슨 뜻인지는 몰라도 최고조에 이르렀을 때는 거의 모든 넘버를 외웠던 것 같다. 프랑스 뮤지컬은 오페라처럼 노래로만 구성되는 경우가 종종 있기에 그 뮤지컬의 경우 넘버를 외우면 사실상 뮤지컬을 다 외워버렸다고 봐도 무방했다.

물론 이렇게 한다고 해서 내가 프랑스어를 구사할 수 있는 것은 전혀 아니었다. 안부를 묻고, 자기소개하는 정도였다. 그렇지만 멋있는 척을 하기 위해서 비싼 값에 〈르몽드 디플로마티크(Le Monde Diplomatique)〉의 원어 잡지를 사서 큰 소리로 기사를 읽었다. 그러는 동시에 책 《유러피언 드림》을 읽으며 프랑스의 자주성과 문화에 로망이 생겼고, 《나는 빠리의 택시운전사》를 읽으면서 그런 생각이 더 강해졌다. 다른 고등학교에 지원할 수도 있었지만, 자연스럽게 외고에 가서 프랑스어를 배워야겠다고 마음먹었고, 후에 러시아어에 관심이 생겼음에도 나는 프랑스어과에 진학하겠다고 마음을 굳혔다. 그리고 고등학교 입학 자기소개서에는 위의 과정을 서술했다. 어쩌다 보니 대학교용 자기소개서도 비슷한 래퍼토리가 되어버렸지만.

잃어버린 외고의 존재 이유 찾습니다

이렇게 나는 외고에 입학하게 되었고, 외고는 교육과정 상 개편이 조금씩 이루어지기는 해도 전공어와 부전공어의 비중이 다른 학교보다 훨씬 높은 학교다. 참고로 전공어는 수업 시수가 가장 많은 언어로, 영어, 프랑스어, 일본어 등등이 있다. 만약 영어가 전공어라면 부전공어가 무엇이 될지 알 수 없고, 전공어가 영어가 아니라면 부전공어는 무조건 영어가 된다.

많은 사람이 착각하고 있는 사실이 있다면 외고는 무조건 공부를 잘하는 학생이 가는 학교가 아니라 외국어에 재능이 있고 흥미가 있는 학생이 가는 학교라는 점이다. 모든 과목을 완벽하게 잘하는 학생이 가는 게 아니다. 비록 10년 전쯤에는 제도가 달라서 그런 경향이 강했지만, 현재는 그렇지 않다. 마찬가지로 그렇기에 10년 전보다는 현재 그래도 비교적 들어가기가 쉬워졌다. 물론 그사이에 입시 실적은 예전만 못하다.

결국, 이 외국어고등학교는 국제고, 자율형 사립고와 함께 폐지 결정을 받게 되었다. (2020년 3월 현재) 지금까지 이 문제는 각 시도교육청과 교육부가 서로 반대 성향이 있었기에 비현실적이었으나, 현재 그 둘은 이 문제에 있어서 동의하는 바가 커서, 더욱더 쉽게 밀어 붙여진 경향이 있다. 물론 상산고의 경우처럼 서로 뒤틀려버린 경우도 있다. 그런데 의문이 한 가지 남는다. 외고 폐지 관련 설문조사에서 찬성한다고 답한 국민 과반수는 정말로 외국어고등학교와 국제고가 무슨 차이점이 있는지 알고 있을까? 외국어고등학교를 어떻게 입학할 수 있는지 알고 있을까? 글쎄다.

이런 고민 정도는 쉬이 해볼 수 있다. 정말 외고가 필요할까? 정말 외국어를 잘하는 영재가 존재할까? 우리가 쉽게 생각해보건대 과학이나 수학에서의 영재는 사람들이 정말 영재라고 자랑을 한다. 셈이 훨씬 빠르고, 사고력이 어릴 때부터 탁월해서, 이들을 위한 영재학교, 과학고등학교가 존재한다. 참고로 이 둘은 이번 폐지 고교 대상에 들어가지 않는다. 그런데 몇 개 국어를 어린 나이에 벌써 구사한다는 학생이 있다는 걸 TV로는 가끔 접하지만, 과학 영재처럼 주변에서 크게 보이지는 않는다. 어느 정도 영어를 잘해야 어학영재인지 알기 힘들다. 나조차도 외고에 와서 재능과 실력이 있는 학생은 많이 보았지만, 언어 천재를 만난 적은 없다. 그만큼 척도가 애매하다. 공부 천재 말고 언어 천재 말이다. 영어 과목을 엄청나게 잘하는 학생을 말하는 게 아니다.

존재한다고 쳐도 외국어고등학교의 숫자는 너무 많다. 이미 존재하는 외국어고등학교의 숫자만 해도 30개인 데다가 기타 사회 심화 과목을 배워 국제화 인재를 양성하겠다는 (결국 비슷한 분야의 학생이 가게 되는) 국제고도 7개나 된다. 반면 과학고등학교와 영재학교의 경우 모두 합쳐도 30개교 이하고 전체 정원 수는 훨씬 더 차이가 난다. 우습게도 이런 차이가 일어나는 큰 이유는 돈에 있다는 사실은 안 비밀이다. 과고는 실습 등을 비교해봤을 때 사학으로서 외고보다 수익이 떨어진다. (사업 맞다니까요.......)

그런데 어문계열로의 대학 진학은 쉽지 않다. 보통 국회에서도 나오는 외고 폐지 이유에 과학고는 관련 분야에 맞게 진학하고, 외고는 어문계열에 잘 진학하지 않기 때문이라는 말도 있다. 사실만을 따져 놓고 보았을 때는 맞지만 맥락으로 좀 살펴보자. 진학하지 않는 게 아니라 못하는 것이기 때문이다. 그런데 더 깊게 파고 들어가 보면 결국 현재의 외고가 문제를 지니고 있다는 사실을 발견할 수 있다.

실제로 외고에서 해당 외국어를 잘 배운다고 해도 그에 맞는 학과에 진학하기는 쉽지도 않고, 따라서 현실적인 선호도도 그리 높지 않다. 우선 전공어 과목의 경우 내신 경쟁이 치열하다. 대부분의 전공어 학급 규모가 1반에서 2반이기 때문에, 많은 학생의 경우 25명이 9등급제를 적용받는다. 아무리 내가 치열하게 공부해서 제2외국어 실력이 나름 뛰어나다고 해도, 성적표에 '5등급'이라고 적혀 있으면 그 언어를 잘 못하는 것으로 대학에는 비친다.

게다가 대학교에서의 선발 인원도 별로 없다. 과학고의 경우 각종 이공계 중점대학에 이공계, 순수과학계 등 굉장히 모집 인원이 많다. 그에 반해 어문계열로의 진학 문은 비좁기만 하고, 점점 더 좁아질 것이 뻔해 보인다. 외고는 넘쳐나는데 그 인력을 개발시킬 대학교가 부족하다. 실상은 대학교 학과가 부족한 것이 아니라 외고가 넘쳐나는 것이긴 하지만 말이다. 다시 말해, 외고는 너무 많고, 출구는 너무 좁다.

심지어 외고의 공식 목적도 더는 어학 영재가 아니라 외국어에 능숙한 인재 양성이 되어버렸다. 그런 인재를 굳이 특수목적고등학교까지 만들어서 양성해야 할까? 마이스터고처럼 곡 그 분야의 인재가 사회적으로 필요한 것도 아닌데 말이다. 어학 인재가 필요한 것은 많지만 대학에서도 충분히 가능한 부분이다. 마이스터고를 나와서는 바로 관련 직장에 취직한다 해도 손색이 없지만 외고 나온 후에 통역이나 해외 파견을 나갈 수 있는 경우는 많지 않다. 있다면 사교육의 도움을 많이 받은 경우다.

더욱이 그 외국어라고 하는 것도 영어가 50%에 육박한다. 외고 중에는 영어, 중국어, 일본어만을 전공어로 가르치는 학교도 적지 않다. 그리고 이 세 언어는 한국에서 제일 교육 인프라가 잘 구축된 언어다. 일반적인 고등학교에서도 모두 가르치는 언어들이다. 그런데도 외국어고등학교가 꼭 있어야 할까?

여기까지가 외고 폐지가 필요하다고 생각하는 이유다. 잠시만, 그러면 외고는 무슨 고위층들이 비싼 돈 들여서 편법으로 대학 잘 가게 만드는 창구로 만들어진 '적폐'인가? 글쎄, 그 생각 역시 단편적이다.

학생의 입장에서 제2외국어를 습득하기에는 외고만큼 좋은 시스템이 현재로서는 없다. 우리나라만 그런 것은 아니겠지만 현재 학교의 제2외국어 교육은 무너진 상태다. 예를 들어 한국외대 독일어교육과 홈페이지의 〈학과소개-졸업 후 진로 글〉을 보면 그 수준이 어느 정도인지 쉽게 짐작할 수 있다. 최근 제2외국어 교육이 파행적으로 이루어진다고 대놓고 말하고 있다. 실제로 그렇다. 90% 이상의 고등학교가 제2외국어를 일본어, 중국어로 채택하고 있다. 다양성은 보장받기 힘들고 이미 엄청나게 잘하는 학생이 있는 두 언어가 존재하기에 학생들은 수능 공부를 이 두 언어로 하지 않는다. 대신

1등급 컷이 매우 낮은 아랍어를 선택한다.

외고를 다닌 학생으로서 생각하는 결론은 이렇다. 외고를 폐지하는 것은 이해가 되지만 그럼 학생들은 어떻게 프랑스어를 배우란 말인가. 나조차도 외고에 다니지 않았으면 고등학교 때 내가 우리 동네에 살면서 프랑스어를 제대로 배우는 일은 쉽지 않았을 것이다. 수도권이 아닌 경우 제2외국어 교육 인프라가 더 열악하기에 지방에 하나씩 있는 외고의 중요성은 더 크다. 특히 그 외국어가 주류가 아닐 때는 더욱더 그러하다.

물론 대학교 와서 배우면 되지 않으냐고 말할 수 있다. 하지만 불어불문학자가 될 것이 아니면서 프랑스어를 위해서 불어불문학과까지 가서 4년을 투자해서 전공으로 중세 프랑스어 수업까지 듣고 싶은 사람이 얼마나 될까. 그렇다고 제2외국어를 가르치는 공립 교육기관이 제대로 있기는 할까? (온라인이 아닌 이상) 외고가 없어진 채로 사회를 놔두어 버리면 해외에서 살다 온 학생이나 서울의 비싼 제2외국어 학원에 다닌 학생에게만 주로 특권이 부여되는 사회가 된다. 오히려 사다리를 걷어 차버린 격이 될 수 있다.

사실 학교가 점점 무의미해지는 시대이긴 하다. 물론 각종 인터넷 사이트에도 그런 제2외국어를 위한 온라인 강의가 많아지고 있다. 그러나 내가 지금 학교를 다 폐지해버리자는 주장을 하는 게 요지가 아닌 이상 제2외국어를 학습할 수 있는 지역 거점 공립 기관이 있었으면 좋겠다. 일정한 비율의 원어민 강사를 보유해서 학생들이 방과 후 학습처럼 저렴한 가격에 언어를 익힐 수 있도록 하는 것이다. 비현실적인 요소가 있긴 하지만 말이다. (그렇지만 어디 뭐 이 공교육 시스템은 현실적이었나.)

영어가 정말 평가 대상일까

자 이제 문제 많은 외고 얘기는 끝냈다. 외국어 얘기를 할 차례다. 지금 한국은 다시 영어 붐이다. 특히 영어 회화. 유튜브 광고의 상당수가 영어 회화 관련 광고가 된 지 꽤 오랜 시간이 지났다. 물론 현재는 직장인 등이 공략층이지만, 마치 2000년대 초에 있었던 영어 조기교육 열풍을 보는 듯하다. 충격적이게도 그 어린 나이에 나도 알파벳을 배웠던 것으로 기억한다! 그것도 전자책 비스름한 것으로! 그것과는 별개로 학생들은 영어를 예나 지금이나 열심히 공부한다. 각종 암기법, 팁, 해석법이 넘쳐난다. 그런데 이것과는 별개의 방법으로 공부하는 아주 좋은 수가 있다.

영어권 국가에서 3년 정도 정상적으로 공부하면 된다. 그러면 크게 똑똑하지 않은 학생이라도 수능에서 1등급 받는 것은 크게 무리가 없다. (물론 사람마다 다르다. 해외에서 공부를 소홀히 했다면 얘기는 달라진다. 그리고 반드시 해외에서 학습한 학생이 더 잘한다는 뜻은 아니다. 당연히 국내에서만 수학을 한 학생도 더 잘할 수 있다.)

사실 가장 좋은 언어 학습법은 그 언어를 쓰는 나라에 가서 생활하는 것임을 모르는 사람은 없다. 그런데 문제는 여기에도 돈이 들어간다는 점이다. 여기서 영어라는 과목이 적어도 현재의 성적평가제도로서는 굉장히 돈에 취약할 수 있다는 점을 알 수 있다.

수학은 좋은 선생님, 좋은 교재가 있다 해도 기적 같은 머리가 아닌 이상 기적과 같은 성적 향상을 이루기 힘들다. 결국 자신이 얼마큼 빨리 기초를 이해하고, 이에 맞게 문제를 많이 풀어보고, 풀이를 익히냐에 달려 있다. 그런데 영어는 그렇지가 않다. 수학에 반해 책은 훨씬 많지만 확실한 교재는 별로 없다. 이는 그만큼 사람들이 영어를 쉽게 배우는 방법이 있다고 믿는 것의 반증임과 동시에 영어 자체가 배우는 길이 다양함을 의미한다. 그만큼 시중 교재들이 시원찮다는 뜻이기도 하고. 그런데 이 수많은 책과 강의를 뒤로하고 유학을 하러 가면 더 효율적으로 학습할 수 있다는 점은 안타까운 사실이다. 돈이 효율적이지 않아서 그렇지. 애석하게도 수능 난이도에서는 그렇다.

그래서 학생들을 위해서는 간단한 방법이 있다. 모든 학생을 유학 보낼 수도 없고, 모든 학생이 유학을 하러 못 가게 할 수도 없기에, 영어의 비중을 줄이면 된다. 이것이 영어 과목이 수능에서 절대 평가제로 변경된 이유이기도 하다. 그러나 이마저도 평가원은 자연스럽게 난도를 높이는 방식으로 절대 평가제의 약점을 보완해서 시험의 가치를 다시 높였다.

학교를 떠난다고 해도 막상 사회에 나가면 또 사람들은 영어에 허덕여야 한다. 시험에서의 영어의 중요도가 하락한다고 해도 각종 취업 등 실제 사회에서는 영어에 대한 필요성과 선망이 크다. '실용적인' 영어 구사를 위해서는 발음도 한국식이면 안 되고, 이런 숙어는 알아야 하고, 요즘 미국 사람들은 어떻게 말하는지도 알아야 한다고 광고들은 말한다.

조금 비정상적이라는 생각이 든다. 영어도 어디까지나 의사소통 수단이다. 왜 우리가 그런 생판 모르던 한 나라의 민중 언어였던 언어를 배워야 할까? 이유는 분명하다. 세상 사람들이 많이 쓰니까. 만국 공용어가 되었으니까. 그런데 영어가 국제적이어서 우리가 다가간다면 영어도 우리에게 국제적으로 다가와야 하는 것 아닐까. 세계 여러 사람이 소통하는 게 목적인데도 그 영어 안에 내재된 모든 관습과 문화까지 모두 알아야 하는 걸까. 물론 고급 영어 구사를 위해서는 더 많은 공부가 필요하다. 그렇지만 그러면 그게 정말 '소통' 때문이라고 말할 수 있을까? 한국에서는 영어를 쓰면 똑똑한 사람이라는 편견이 없어져야 한다. 그래야 영어도 차별 없는 진정한 세계 공용어가 되지 않을까.

프랑스어도 마찬가지다. 프랑스 외에도 주로 식민지였던 국가들에서 공용어로 쓰이면서 다양한 프랑스어가 존재한다. 뿌리 깊은 식민주의의 잔재이기에 프랑스어를 배척하는 나라도 있지만, 부족 간, 민족 간, 국제 교류의 수단으로써 활용하는 나라도 존재한다. 그런 나에게 있어서 아이티어나 코트디부아르의 '누쉬(Nouchi)'처럼 프랑스어를 비틀며 탄생한 언어나 방언의 쓰임은 역동적이다. 그때 비로소 그 언어의 품에 쌓였던 온갖 개념들이 파괴되고 그 지역의 언어가 되는 과정이 짜릿하다(놀랍게도 이 얘기도 내가 자소서에 썼던 주제에 대한 얘기다).

다시 개인적인 이야기로 돌아와서, 내가 고등학교 1학년일 때 학교에서는 수행평가로 영단어집 외우기를 실시했던 게 기억이 난다. 이 책 몇 쪽부터 몇 쪽까지를 읽고 외워서 시험을 보는 구조였다(이게 수행평가의 수준이다. 안타깝지만. 괜히 내가 앞에서 그 고지식하다는 수능이 수행평가보다 낫다고 보는 이유가 여기에 있다). 그 책 뒷면에 써진 책값을 보면서 이런 책은 나도 만들겠다는 생각이 들었다. 단어, 뜻, 예문 하나씩 수천 개의 단어가 들어 있는 게 전부인 이 책의 단어들을 외우려니 짜증이 났다.

공부하기가 싫어서가 아니라 이런 공부를 하기 싫어서였다. 적어도 영어를 처음 배울 때는 어느 정도의 단어를 외워야 한다. 그렇지만 이런 방식의 공부는 너무 비효율적이다. 결국 어떻게 해서든지 발음을 국어랑 맞춰보려고 애쓰며 외우고, 알파벳을 끊어서 외우고, 시험 본 후에는 까먹는 게 내가 한 일이었다. 앞에서도 말했지만 이렇게 백날 공부하면 뭐하나. 외국에서 1년 살다 오면 되는데. 이런 생각이 절로 들게 된다.

나는 프랑스어를 같이 배웠기에 그래도 영어를 좀 더 효율적으로 배울 수 있었다. 예를 들어 유머이자 공포 그 자체인 단어 defenestrate를 보자. 이 단어는 중학생일 때 영어 학원 선생님께서 웃음을 위해 알려주신 단어다. 이 단어의 뜻은 '창문 밖으로 (주로 사람을) 던지다.'라는 뜻이다. 끝의 -ate은 '~~케 하다', '~~한 성질을 부여하다' 정도의 감을 잡을 수 있다. 앞에 de는 '밑으로'나 '떨어지게 하는' 정도의 의미를 가지고, 가운데의 fenestr는 프랑스어 'fenêtre(창문)'와 어원이 같다. 뭐 이런 식이다. 물론 어원을 가지고 하는 학습법도 시중에 많이 나와 있고, 한계점도 명확하다. 하지만 어쨌든 달달 외우려는 생각보다는 나았으리라고 확신할 수 있다. 그리고 앞으로 인공지능이 번역 시장에 어떤 영향을 끼칠지 알 수 있을까. 서로 통(通)한다면 학문이 아닌 수단으로서의 언어 학습은 그만해도 될 듯하다.

의외로 쉬웠던(?) 프랑코포니 퀴즈대회

가끔은 외부 대회가 큰 도움이 된다. 비록 생기부에는 적히지도 않고 대학 갈 때 써먹을 일도 특기자라면 모를까 학생부 종합전형의 경우에는 없지만, 앞서 XX구 청소년 토론 대회에 나가는 것처럼 다른 학교 학생과 함께 하는 대회는 분명 좋은 기회다. 다른 학교 학생들은 어떻게 공부하는지, 학업 수준에 대해서도 조금씩 가늠해볼 수 있다. 그리고 이 경험은 환상 대신 현실을 주었다. 조금 다른 의미로.

프랑코포니 퀴즈대회. 현재는 사라졌지만 최근까지 전국의 프랑스어를 배우는 외고생들은 한 번쯤 들어봤을 대회 이름이다. 그 외에도 프랑스어 관련 대회로 3분짜리 시를 외워서 낭송하느라 골머리를 앓았던 프랑스어 시 낭송 대회도 있고, 지정된 문학을 읽고 독후감을 작성하는 프랑스어 문화경

진대회도 있다. 이처럼 비중 있는 대회는 아니지만 재미있는 프랑스어 관련 대회로 저 프랑코포니 퀴즈대회가 있었다.

프랑코포니는 프랑스어권 국가가 모인 국제기구 또는 그 안에 속한 국가를 지칭하는 말이다. 따라서 대회의 주제는 프랑코포니 소속 국가와 관련 다양한 분야의 상식 퀴즈를 푸는 것! 우선 예선 문제를 통해 일반고 부문에서 10명, 특목·자사고 부문에서 10명을 추려서 단상에 올라가 문제를 푸는 방식이었다. 아무래도 박진감 넘치는 방식이 아니다 보니 퀴즈대회보다는 무슨 경진대회 느낌이 들었다.

우리 학교에서는 나를 포함해 7명의 우리 반 친구들이 참여하기로 했다. 우리 학교에서는 한 번도 수상한 적이 없는 대회기도 했고, 상식 문제라서 문제의 질이 고르지도 않다는 게 전반적인 평이었다. 그렇지만 잡지식 하나만큼은 남 보다 뒤지지 않는다고 생각한 나는 자신감을 가지고 따로 공부하지(?) 않았다. 기껏해야 '프랑스어권 국제기구에 속한 나라 수는?' 정도를 외웠다. 그마저도 친구가 알려줘서 말이다.

당일, 퀴즈가 열리는 건물로 들어서자 이미 수많은 학생이 자리를 차지하고 있었다. 전국 많은 외고에서 학생들이 왔는데, 개중에는 한복을 곱게 입은 민족사관고 학생들도 있었다.

불안감은 그다음부터였다. 그들 손에는 우리처럼 빈손에

입구에서 준 빵만 있는 게 아니라 두툼한 프랑스 관련 자료집이 들려 있었기 때문이다. A4로 적어도 백 장은 되어 보이는 분량을 하나하나 형광펜으로 밑줄을 쳐가며 읽고 있었다. 나뿐만 아니라 친구들 전체가 당황했다. 아니 뭐 범위가 정해진 것도 아닌데 이렇게 열심히 하다니……! 외부대회기에 생활기록부에 기재되는 것도 아니었는데 말이다.

그리고 대회가 시작됐다. MC로 비정상회담에 나왔던 로빈 데이아나(Robin Deiana)가 사회를 보았다. 그런데 문제가 생겼다. 썼다 벗었다 하는 안경은 집에 두고 왔다는 사실을 막 깨달은 것이었다. 대회는 앞에 설치된 대형 스크린에 띄워진 문제와 선지를 로빈이 읽어주는 방식이었다. 그런데 안경을 안 쓰니 앞의 문제가 그림 정도를 제외하고는 보이지 않았다, 결국 나는 로빈의 가끔 부정확한 발음의 우리말에 집중해서 문제를 풀었다. 처음에는 너무 답답해서 근처에 있던 우리 반 친구에게 문제가 뭐냐고 무의식적으로 물어보다가 감독관에게 경고를 받기도 했다.

그런데 또 다른 반전. 문제가 그렇게 어렵지 않았다. 정확히 말하자면 문제가 쉬운 게 아니라, 나뿐만 아니라 다른 사람도 못 풀 문제가 대다수였다. '다음 중 프랑스 브랜드가 아닌 것은?' 이라던지 '퀘벡 사투리로 이 말은 무슨 뜻일까요?' 등등의 문제였다. 결국 나는 혼신의 잔머리를 굴렸고, 약 40

문제의 답안지를 모두 써냈다.

그리고 강당 위에서 문제를 풀 일반고, 각각 상위 10명을 호명하는 시간. 일반고부터 차례로 불리기 시작했다. 특목·자사고 부분에서는 한복을 입은 민사고 학생도 단상 위로 나왔다. (후… 역시나) 그리고 19명까지 불렀을 때, 나는 학원이나 갈 걸 하는 생각이 들었다. 그런데 20명째에서 내 좌석 번호가 불렸다. 다시 말해 턱걸이로 본선에 올라간 거였다. 후…!

본선 문제는 조금 더 어려웠다. 그런데 이것도 별문제가 없던 게, 나만 어려운 게 아니라 모두가 어려워했으니 말이다. 스무 개도 안 되는 문제를 풀었던 거 같은데, 기억에 남는 것은 '코트디부아르 축구 대표팀을 상징하는 동물은?'과 같이 내가 아는 몇 문제였다(여담으로, 답은 코끼리다). 그렇게 문제를 풀어가고 있을 무렵, 마지막 문제가 나왔다.

'모로코의 프랑스어 사용자 수를 맞추세요.'

다른 문제와 다르게 선지를 고르는 게 아니라 주관식이었다. 동점자를 가리기 위한 수단이었다. 나는 그 새에 민망함을 못 이기고 말을 나눈 다른 외고 친구랑 키득대면서 답을 적었다. 그 친구는 천만 명, 나는 2천만 명으로. 모로코 인구가 대략 3,000만 명 정도라고 생각하고 있었기에 그래도 60% 정도는 프랑스어를 구사하지 않을까 하는 생각이었다.

그랬다. 나는 모로코의 교육 수준을 너무 높게 평가하지 말았어야 했다. 답은 약 900만 명이었다.

이윽고 3등부터 1등까지의 수상자가 호명되었는데, 절반 정도의 문제를 틀린 것으로 유추하던 내가 2등이었다(누가 누가 잘 찍었나). 1등은 아까 키득댔던 그 다른 외고 친구 몫이었다. 나는 오랜만에 치아를 모두 드러내놓고 웃었다. 학원을 땡땡이친 보람이 있었다.

다만, 문제는 상품이었다. 1등 상은 프랑스 2주 어학 연수권을, 2등 상은 태블릿PC를 받는 것이었다. 그랬다. 나는 모로코의 교육 수준을 높게 평가한 나머지 프랑스로의 2주간 여름방학 어학연수 대신 삼성 중급기 태블릿을 받은 것이었다. 물론, 이건 커다란 생각 중 매우 일부고, 당연히 너무 기뻤다. 잡지식으로 이런 상품을 얻을 수 있다니!

건물에서 나오면서 문뜩 아까 프랑스 관련 정보를 출력해서 달달 외우던 학생들이 생각났다. 아까의 불안감이 안정감으로 바뀌었다. 동시에 학교에 대한 내 편견도 깰 수 있었다. 다시 한번 느꼈지만, 고등학교에는 우위가 없다. 입시 실적이 그걸 나눌 뿐.

'음. 우리 모두 같은 대한민국에 사는 학생들이로군.'

건강에
대하여

이 질문은 스트레스 많던 내 고등학교 건강생활에 관한 얘기가 배경이다. 건강, 학창 시절에도 유일하게 학업을 뛰어넘는 요소가 있다면 그것은 건강이다. 아무리 공부가 중요하다고 해도 누구나 학생을 만날 때 건강이 최고라는 말을 빼놓지 않는다는 뜻이다. 체력은 고등학교 공부에 있어서 매우 중요하다. 사실 공부뿐만 아니라 모든 일에 있어서 그렇다. 건강은 체력과 정신력, 둘의 조화가 필요했지만, 그 둘을 지키기가 쉽지 않았다. 어쩌면, 건강은 '지키는 게' 아니라 기본적인 습관과 평온을 통해 자연스레 '지켜지는 것'이 아닐까.

나의 건강 기록지

고등학교 재학 전에 나는 꽤 마른 편이었지만 건강에는 큰 문제가 없었다. 반에서 오래달리기 3등 안에는 매번 들 정도로 폐활량이 좋은 편이었고, 몸이 가뿐했다. 일주일에 한 번은 꼭 등산하러 다닌 덕분이었다. 우울증 같은 정신질환은 으레 내 할아버지가 말씀하셨듯이 의지박약이라고 생각했다. 비만은 운동 부족과 게으름의 상징이라고 생각했다. 가족은 계속 고등학교 생활은 다르다, 힘들다고 말했다. 그러나 얼마나 다른지까지 알 수 없던 나는 그렇게 고등학교 생활을 시작했다.

그러나 그 강인한 의지는 어디로 가고, 고등학교 생활을 한 지 몇 달 안 되어서 내 체력은 바닥나기 시작했다. 훨씬 더 걸리는 친구도 있었지만 5분 거리의 초등학교 중학교에 다니다가 30분 걸리는 학교를 더 일찍 일어나서 가려니까 생각보다 부담이 됐다. 게다가 마치 어렸을 때 응원하던 야구팀이 지면 다음 날 우울해했던 것처럼 미련한 일이었지만 앞에 이미 언급된 학교의 현실을 목도하며 한 달 만에 외고 자부심은 쭉 빠져버렸다. 야간 자율학습까지 하니 10시 반이 되어서야 집에 도착했다. 주말에는 주말대로 학원에 가니 놀랍게도 나는 우리 동네 상점들의 환한 모습을 볼 일이 없는 지경에 이르렀다. 내게 너무나 평범했던 것이 평범하지 않게 되었다.

당연한 이치지만 잠이 부족하니 짜증도 늘어났다. 집에서도 말수가 적어졌고, 말꼬리를 잡고 늘어지는 내 버릇이 더 심해졌다. 뭔가 잘못되었다는 느낌이 들었지만 원래 '다 그렇다'는 대답만이 들려왔다. 뭔가 이상하긴 했다. 주변에 타이레놀을 수시로 복용하는 친구들이 있다는 것이. 잠을 잘 자지 않고서도 수업 시간에 깨어 있는 학생들이 있다는 것이.

인간의 능력은 신비하지만, 그 방향이 굳이 이럴 이유가 있어 보이지 않았다.

'괜찮아, 괜찮아. 그 나이 때는 원래 다 그래도 버티는 나이야.'

아니 아플 수 있다고 해서 당연히 아파도 된다는 건 무슨 허무맹랑한 말일까. 더군다나 그렇게 아프도록 공부하는 학생들의 선택이 아무도 그렇게 선택하라고 하지 않았지만, 모두가 그렇게 선택하라고 했을 때의 결과물일 때는.

2학년이 되어서는 당연하게도 짜증이 더 늘었다. 내가 체력적으로 다른 사람보다 약하다는 걸 깨달아야 했지만 그러지 못했다. 나는 절벽을 향해 달리고 있었다. 내게 절벽은 정상과 같은 말이었기 때문이다. 이미 1학년 겨울방학 때 찾아왔던 독감 이후 거의 2달에 한 번꼴로 감기가 찾아왔고, 마른기침이 끊이질 않았다. 게다가 여름이 되자 어릴 때 이후로 사라졌던 비염이 심해졌고, 시험 기간이 다가오자 약간의 호흡곤란도 느껴졌다. 방학이 되어서야 검색해보니 한의학에서 말하는 '매핵기'였는데, 쉽게 말해 화병의 일환이었다. 생강차를 끓여 마시고, 유칼립투스 오일을 샀지만, 효능이 없었다. 심지어는 한의원에 가서 침을 코에 맞아서 피를 빼는 치료도 받았다. 아직 고등학교에서 보내야 할 시간이 절반이나 남은 시점이었다.

여름방학이 되어 조금 여유가 생겼음에도 비염과 매핵기는 계속되었고, 공부하기가 힘들어졌다. 그때까지만 해도 나는 몰랐다. 그 비염이 알레르기성이 아니라 신경성. 즉 '기가 막히고 코가 막히는' 일들을 너무 하다 보니 실제로 코가 막힌 것이었다는 사실을 말이다. 우습게 들리겠지만 실제로 신경성(혈관 운동성) 비염의 경우 신경세포의 이상으로 과민반응을 할 때 생긴다. 그렇게 불안한 신경계에 몸과 마음이 지쳐갈 무렵, 하나의 사건이 터졌다.

레몬 나무 말고 푸른 하늘을 보라고

'엥 내가 안 버리고 갔었나?'

내게는 중학교 3학년 때, 슈퍼에서 산 레몬을 먹고 남은 씨앗을 정성껏 길러서 늠름하게 키운 레몬 나무가 하나 있다. 그런 단 하나뿐인 반려 식물(?)이자 분신과도 같은 레몬 화분에 내용물이 없는 영양제가 꽂혀있는 것을 본 후 고개를 갸우뚱했다. 아침에 급하게 다 쓴 영양제를 버리고 새 영양제를 꼽아주려고 준비해놓은 것 같았는데, 버려지지 않은 건가? 그런데 꼽아주려고 준비해놓았던 영양제도 없었다. 게다가 분리수거 박스를 보니 내가 이미 버린 헌 영양제가 들어 있었다. 그렇다면 누가 이 영양제를 만졌다는 얘기, 그것도 한 번에 다 주입해버렸다는 뜻이었다. 누구일지는 쉽게 알 수 있었다. 그 레몬 화분 옆에서 잘만 자고 있던 아빠였다.

두 가지 사실이 내게 제시되었다. 첫 번째, 그 영양제는 정말로 아빠가 잘못 뜯어서 한꺼번에 다 주어버린 것이었다. 두 번째, 그 영양제는 한 달에 걸쳐서 조금씩 줘야 하는 영양제다. 내 머릿속은 혼돈으로 가득 차기 시작했다. 저렇게 한꺼번에 투여하면 레몬이 죽는 거 아냐? 내가 3년 전에 레몬 먹고 씨앗부터 공들여 발아한 저 나무가? 아, 진짜 망했다. 어떡하지?

간단히 인터넷에 검색할 수도 있었겠지만 나는 자정이 넘은 시간에 지친 몸과 메마른 깡다구를 가지고 폭발해버렸다. 울고불고 난리를 치며 아빠의 베개를 던져버렸다. 아빠도 적잖이 당황한 눈치였다. 나는 죽으면 어떡할 거냐며 아빠에게 따져 물었다. 나는 식물에 내 간장을 녹이고 있던 것이었다. 핸드폰으로 검색을 하시더니 인터넷에서 레몬 나무를 15,000원에 팔고 있으니 죽으면 사주겠다는 아빠의 말에 더 분노했다.

'아니 돈 주고 사 오면 같냐고!'

그렇게 한창 난리를 피운 뒤에야 이성이 돌아와서 인터넷에 정보를 검색해보았다. 검색해보니 죽지는 않겠지만 웃자랄 것이라는 답이 나와 있었다. 이를 알고 난 후에야 내 걱정과 분노가 조금 덜해졌다. 지금 생각해보면 왜 그렇게 화를 냈을까 하는 생각이 들지만 모든 일에는 이유가 있는 법이다. 아, 내 평안도 돈 주고 살 수는 없는 거였다.

다음 날 아침, 어제 늦게 잔 탓인지 일어나기가 더욱더 힘들었다. 그날따라 수행평가를 위해 노트북까지 챙겨서 학교에 가니까 가방 무게가 훨씬 무거워졌다. 게다가 조금만 늦게 일어나도 지하철을 놓칠 수 있고, 그럼 버스를 놓칠 수 있다는 생각에 빨리 나갔다. 지하철까지는 큰 문제가 없었지만, 버스가 문제였다. 역에서 내리자마자 후다닥 뛰어갔지만, 버스는 이미 정류장 쪽으로 바싹 접근하고 있었고, 나는 또 지친 채로 뛰어야 했다.

그날 4교시가 끝날 무렵, 가슴 쪽에서 강한 통증이 느껴졌다. 몸의 바깥이 아니라 내부였다. 예전에 등산하다가 미끄러져 넘어져서 3초간 아무 말도 안 나오고 눈도 보이지 않던 적이 있었다. 마치 그런 느낌이었다. 그런데 이건 몇 분이 지나도 끝나지 않았다. 숨을 쉴 때마다 안쪽이 쓰려 왔다. 칼을 갈비뼈 사이로 넣은 느낌이었다. 어지간한 고통은 모두 참는 나였기에, 그 상태로 동아리 시간에 플루트를 불고(물론 호흡을 매우 짧게 해야 했지만) 비염을 치료하기 위해 한의원까지 갔다. 그러나 증상이 나아지지 않았다. 학원을 취소하고 집에서 쉬어보기로 했다.

나음 날 아침에도 이상한 느낌은 계속됐다. 결국 근처 내과를 찾았고, 기흉이란 소견서를 받아서 근처 큰 병원의 응급실에 입원했다.

코에 산소관이 꽂힌 채로 있다가 무언가 크게 잘못되었다는 생각이 들었다. 내과에서 기다리는 동안 읽으려고 가져왔던 책 《로버트 노직, 무정부·국가·유토피아》도 보다가 내팽개쳤다. 아픈 사람이 보기에는 너무 희망찬 주제가 아니었다. 동시에 처음으로 내 몸이 안쓰러웠다. 뭔가 어긋났다는 생각이 들었다. 그렇지만 무언가를 그만두기에는 이미 어깨에 짐이 너무 많아 보였다. 며칠 전에 보았던 영화 〈스탈린그라드(1993년 作)〉가 생각났다. 분명 떠나지 않으면 위험하리라는 것을 알았지만 결국 떠나지 않던 독일군 병사.

“그냥 그럴 수 없어, 1년 전만 해도 갔을 텐데.”

나도 같은 마음이었다.

며칠 간의 요양 후에 퇴원할 때 병원에서 몇 가지 주의사항을 알려주었다. 담배를 절대 피우지 말 것(한 번도 피운 적 없다. 앞으로도 없을 것이다), 금관악기를 불지 말 것, 너무 스트레스받지 말 것, 너무 격한 운동하지 말 것, 무거운 것 들지 않을 것 등이었다. 정작 연구 결과로 입증된 것은 흡연밖에 없었지만, 실제로는 그렇지 않았다. 좋아하던 야구도 안 하고, 수면도 규칙적으로 하려고 노력했다. 가방도 가벼운 것으로 바꿨다. 미세먼지도 신경 쓰게 되었다. 그러다 보니 당연하게도 몸은 사려지고 마음은 위축되었다.

이유는 있었다. 너무 두려웠다. 불안했다. 높은 재발률이 걱정이었다. 혹시나 시험을 보는 와중에 재발하면 어떡하지 하는 두려움이 너무 컸다.

기흉이 생기는 데에는 몇 가지 이유가 있다. 너무 잠을 못 자서, 담배를 피워서, 그리고 특히 마르고, 키가 큰 남자에게서 생긴다. 그런데 다른 이유도 있다. 예민해서, 화를 잘 내서. 한의학으로 말하면 폐에 진액이 부족해져서 생기는 병이기도 하다. 나는 전자와 후자 모두였다. 전자는 고칠 수 있었지만, 후자는 고치기가 너무 힘들었다.

후에 되돌아보며, 쉽게는 그날 아빠가 레몬에 영양제를 줘서 이 모든 것이 생겼다고 생각할 수도 있다. 이런 우연이 있을까? 그날 내가 화를 덜 내었다면, 미리 내가 그렇게 영양제를 줘도 죽지 않는다는 걸 알아보았다면, 기흉은 없지 않았을까. 내가 이렇게 불안할 이유가 있었을까. 물 없이는 밖에도 나가지 않는 사람이 되었을까.

그러나 모든 일은 그리 간단치가 않다. 결국 내 성격이 이를 만든 것도 컸다. 그 성격은 부모님이 물려주고 가지게 한 것이라고 해도 '내' 성격이었다. 인간관계에 대한 기술이 부족해서 홀로 전전긍긍하던 그 성격, 그것 때문에 비염이 생겼을 때 미세먼지 마스크를 쉼 없이 쓰고 다니면서 내 폐는 엄청난 답답함을 호소했을 것이다. 지금 기분이 어떤지조차 파악하지 못하던 내가 지금까지 이런 질병을 통해 자신을 돌아볼 수 있게 되지 않은 게 신기하다는 생각도 들었다.

처음에는 그 영양제에 대해 더 잘 알았더라면 하는 마음도 있다. 하지만 아무리 그 식물 영양제에 관한 지식이 많았다 해도 뭐할까. 내 뇌에 무한정 정보를 담아둘 수는 없는 법일 텐데. 제아무리 다양한 지식을 담아도 그 안에서 지혜를 뽑아내지 못하면 그건 컴퓨터에 있는 백과사전에 불과할 텐데. 풀스 가든(Fool's Garden)의 유명한 팝송 〈레몬 트리(Lemon Tree)〉의 노래 가사가 생각났다. 푸른 하늘을 보라고 했지만 계속 레몬 나무만을 보고 있던 나. 참고로 레몬은 그 당시 조금 웃자랐을 뿐 지금도 잘 자라고 있다.

뒤를 돌아보다

내가 타고 있는 망아지는 제대로 걸어보지도 않은 채 무작정 뛰다 넘어진 것 같았다. 난 항상 정상에 오르려고 했다. 무슨 전교 1등을 꿈꾸었다는 말은 아니다. 그러나 나 스스로가 오르고 싶은 경지가 있었다. 누구에게나 인정받는 그런 사람, 그런데도 공부를 정말 잘하는 그 사람, 집이 조금 어려워도 다 참고 견딜 수 있는 사람, 예체능 모두 잘하는 사람. 그런데 막상 내가 그 모습이 아니니까, 나약한 내 마음을 보니까 견딜 수가 없었다. 이 정도밖에 안 되는 사람이었나 하는 생각이 들었다. 그제야 조금 알게 되었다. 언제나 매스컴에서, 책자에서 떠들어대는 '나' 그 자체로 소중한 사람이라는 말이 무슨 말이었는지. 또 알게 되었다. 무작정 정상에 오르려는 사람은, 정상이 아니라 비정상에 가까워야 한다는 사실을.

또 이상했다. '분명 최선을 다했는데, 후회 없이 살기 위해서 이것저것 도전하는 삶을 살았는데, 왜 이렇게 지난 시간이 후회되지?' 분명 노래 가사는 안 해보고 후회하는 것보다는 해보고 후회하는 게 낫다고 말하고 있었다.

그런데 주어가 빠졌다는 사실을 알게 되었다. 그런 선택을 한 건 진짜 '나'였을까. 혹시 그 주어를 온전히 두는 게 부담스러워서, '누군가가 해보라길래', '좋을 것 같아서'를 붙이지 않았을까. 끊임없이 도전해서 후회하지 않는 게 아니라 끊임없이 도전하기로 내가 결정하고 실행해서 후회하지 않는 게 더 맞지 않았을까. 생각보다 '가슴에서 우러나왔다고' 둘러대기는 쉬웠다.

운동, 공부, 게임, 유튜브, 취미 활동, 수면, 식사, 연애 등등. 이 중에서 중독되어 책임을 못 질 정도로 빠지는 것을 아무리 줄인다고 해도 고등학생의 시간은 짧다. 그리고 무엇보다 지금 이런 고민을 할 수 있을 정도의 시간은 있어야 한다. 결국 어떤 걸 선택하느냐가 아니라 어떤 걸 포기하느냐의 싸움이었다.

모든 일에 최선을 다하려고 했다. 중요한 일이 생기면 그것에 온전히 집중하려 애썼다. 그러나 끊임없이 밀려 들어오는 수행평가, 학기에 두 번씩 찾아오는 시험에 각종 봉사와 세미나, 동아리에 학생회까지, 모든 것에 온전히 집중할 수 있는 상황이 아니었다. 관리에 능숙하지 않았던 나는 항상 '이것만 끝나면, 이번 과제까지만 하고'라고, 이 계단만 오르면 된다고 몸과 마음에게 속삭였지만, 더는 거짓말이 먹히지 않았다. 어쩌면 사실 다 알고 있었다. 대학 합격증을 받기까지 거쳐야 할 계단이 아직 수없이 많으리라는 걸. 또 대학 합격증이라는 정상에 오르면 구름 속에 가린 또 다른 정상이 나타난다는 걸. 오를 수 있을까. 아니, 오르지 말아야 할까. 아니면 이 산이 다 신기루인가? 이런저런 생각이 끝나갈 때쯤 나는 병원복에서 다시 교복으로 갈아입었다.

퇴원하고 2주 후, 나는 미투 운동에 관한 연락을 받았고, 이후 또 2주 정도를 그것에 헌신해야 했다. 긴장되는 일이 반복되었다. 안 그래도 건강염려가 심했는데 학교와, 또 교육청에서 오신 분들과 면담을 진행하면서 긴장이 심해졌다. 한 번 뒤틀려진 신경은 쉽게 바로 잡히지 않았고, 과부하가 걸리면 기계는 오작동하기 마련이다.

미투를 일단락 짓고, 외갓집에 가는 버스에 몸을 실었다. 그런데, 으레 차에 타면 졸려 하던 습관과는 반대로 전혀 졸리지 않았다. 오히려 계속 긴장되는 상태가 이어졌다. 이상했다. 외갓집에서도 마찬가지였다. 서울에 돌아온 후, 오른쪽 옆구리에 오돌토돌한 빨간 여드름이 마구 생기기 시작했다. 별거 아니라고 생각하며 피부에 좋은 크림 같은 걸 바르고 또 1주일을 지냈다. 그런데 나아지지 않아서 병원에 갔다. 대상포진이었다. 아…. 살의 고통에 둔감해서 그랬는지 아주 쓰리지는 않았다. 오히려 더 쓰린 것은 내 몸에 대한 죄책감이었다. 또 이런 고통을 내가 주다니. 비록 여러 정황이 있었다 하더라도. 피부과에서 대상포진이라는 이야기를 듣고 엄마는 집에 돌아가며 내게 성을 내셨다. 자식이 아프다는 사실이 분하고 억울하셨을 것이다.

그런데 나도 화가 올라서 뒤틀렸다. 엄마가 하는 말이 맞는 말 같으면서도 너무 짜증이 났다. 어떻게 아픈 사람한테 또

화를 내실 수 있지? 사실 엄마가 그런 식으로 얘기하면 내가 더 슬프다고 얘기할 수도 있었다. 그렇지만 어린 나는 거실 벽을 치며 보이지도 않는 신에게 왜 나를 이따위 약한 인간으로 만들었냐고. 나는 충분히 사회에 기여할 수 있는 사람인데 왜 이런 장애물까지 주냐고 따져 물었다.

선생님, 유학 가고 싶어요

반에서는 점점 더 나를 이해해주는 친구를 찾을 수가 없었다. (세윤아, 애들한테 이런 얘기를 해본 적은 있니?) 왠지 나를 우습게 볼 것 같았다. 미투 운동을 진행하며 내가 친구들과 떨어져 있는 것 같았다. 지금까지 쌓아왔던 관계가 이토록 얇은 것이었나 괴로웠다. 누군가가 나를 욕할 거 같아서 두려웠다. (그런 적을 보긴 했니?) 반에 있으면 호흡곤란이 조금씩 왔다. 내가 나중에 깨달은 점이 하나 있다. 비록 항상 맞는 것은 아니지만, 누군가를 공격하고 싶다는 마음과 누군가로부터 공격을 받으면 어떡하지 하고 걱정하는 마음은 서로 비슷한 면이 있다.

어떨 때는 이 학교가 그냥 저주받은 땅처럼 보였다. 저 에

어컨이, 이 바닥이 다 나를 해하는 것 같았다. '이 학교는 에어컨 청소를 제대로 안 하니까 저 탁한 냄새가 내 호흡기를 망가뜨리고 있어, 이 바닥은 급하게 확장 공사를 해서 평평하지가 않아. 그래서 내 몸도 균형이 안 잡히는 거야.' 물론 현실과는 거리가 있었지만 내 친구들도 인정하는 이상한 에어컨 냄새와 오래전에 했을 공사 때문에 곳곳이 땜질 되어 있긴 했다. 그걸 내 마음은 용납하지 못했다.

무엇이 옳은 것인지 경계를 세워놓지 않았을 때, 내 마음은 자유로운 게 아니라 혼돈 그 자체였다.

그리고 어느 날 7교시 수업이 시작하기 전에, 너무나도 가슴이 답답하던 나는 교실에서 뛰쳐나왔다. 내가 찾아간 선생님은 뜬금없게도 프랑스어 회화 원어민 선생님이었다. 맨 처음에는 프랑스어로 여쭤봤다.

"선생님, 혹시 제가 고등학교를 마치지 않고 프랑스에 유학을 갈 수 있는 방법은 없을까요?"

"글쎄, 가능은 하지만 매우 쉽지 않아. 뭘 해도 고등학교는 졸업을 해야 훨씬 쉽지. 아무 대학이나 가도 좋아. 하지만 고등학교는 졸업해야 해. 안 그러면 네가 바깔로레아(프랑스식 수능)를 보고 유학을 가야 해."

난 유학 따위 가고 싶지 않았다. 그냥 이 학교를 떠나고 싶을 뿐이었다. 나도 모르게 교무실 한가운데에서 갑자기 울음을 터뜨렸다. 당황하신 선생님은 나를 교무실 안에 있는 작은 방으로 데리고 가셨다. 그곳에서 나는 영어와 불어를 섞어가며 울기 시작했다.

"선생님, 정말, 정말 저는 저 반이 싫어요. 그냥 무서워요. 저번에 기흉도 그렇고 이번에 대상포진도 왔는데, 이게, 이건 사실 제 나이 때에 흔한 병은 아니에요. 앞으로 몸이 얼마나 더 안 좋아질지가 걱정돼요." (물론 대상포진 따위 영어로 정확히 설명했을 리가 없다. 울면서 얘기했으니 이렇게 단정하게 얘기했을 리도 없고.)

"세윤아, 그래 네가 얼마나 힘들지 이해가 간다. 그냥 졸업이라도 해라. 넌 어차피 프랑스어를 할 줄 아니까 아무 대학을 가도 유학을 갈 수 있어."

그러나 '그냥 졸업'을 하려니 지금까지 해왔던 노력이 구슬펐다.

"세윤, 차라리 다 잊고 무조건 일찍 자봐. 나도 저번에 너무 할 일이 많아서 힘들었는데 그냥 다 잊고 일찍 잤어. 그러니까 점점 회복되더라고. 별로 중요치 않은 건 그냥 포기해."

그렇게 한참을 펑펑 울고 다시 현실로 돌아오니까 수업을 무단결석한 게 되어버릴 것 같았다. 차마 그렇게까지 할 담력이 되지는 못했던 나는 그길로 보건실에 가서 또 펑펑 울었다. 우리말로 했으니 보건 선생님께는 또 얼마나 풍부하게 말했을까.

수업이 끝나고서야 나는 다시 반으로 돌아왔고, 마치 전투를 하듯이 학교생활을 하기로 마음먹었다. 마치 반에서 내 자리를 '사수'하겠다는 것처럼. 그러나 그건 내 손 안에 편지지도, 입에 감정을 말할 용기도 없이 총만을 가지고 있었기 때문이었다. 마치 모든 것이 적처럼 느껴졌다, 그럴수록 버티기는 더 힘들었다. 못 버티게 하는 건 나였으니까.

3학년 초, 다른 쪽 폐에 기흉이 재발했고, 이번에는 수술을 받아야 했다. 증상이 나타난 학교에서 택시를 타고 병원에 입원하자, 또 다른 세상이 펼쳐졌다. 이상하게도 길거리에는 건강한 사람들만 보이는데, 그 건물 안에 들어서면 아픈 사람 천지였다. 내가 속한 병실에는 모두 노인분들이 있으셨다. 오래 입원하고 계시던 할아버지도 계셨고, 입원한 지 얼마 안 된 할아버지도 계셨고, 각자의 사연이 있었다. 어떤 분은 가족에게 욕을 들으시기도 했고, 어떤 분은 많은 수의 가족이 찾아와 펑펑 울기도 했다. 나는 와이파이도 안 터지는 그곳에서 생각에 잠겨 있었고.

저런, 저번에는 책 주제가 '로버트 노직(Robert Nozick)'이더니 이번에 내 가방에 있던 책은 슬라보예 지젝(Slavoj Žižek)이 쓴 《신을 불쾌하게 만드는 생각들》이었다. 비록 내용은 흥미로웠지만 심리적 안정이 필요했던 그 상황에서 그 책 제목은 나를 불쾌하게 만들었다. 그렇게 멍하니 잠을 청하려고 눈을 감았다.

아차차. 그런데 잠이 오지 않았다. 이유는 이랬다. 옆에 계시던 어르신께서는 자신을 내보내 달라며 1분에 4번씩 주기적으로 외치고 계셨고, 마주 누워 계신 할아버지는 쉬지 않고 왕성한 배변 활동과 발성 연습을 하셨다. 한껏 신경이 날카로워졌던 나는 수면제를 먹고서야 겨우 잠들 수 있었고, 아침에도 똑같은 광경이 벌어지자 결국 나는 울면서 1인실로 옮겨달라고 간청했고, 비싼 값을 내면서 결국 옮길 수 있었다. 결과적으로 봤을 때 그게 돈을 덜 낼 것 같았다.

4월 모의고사까지 많은 시간이 남은 게 아니었기 때문에 시간이 흐를수록 초조해졌다. 4월 모의고사는 별것 아니라고 생각할 수도 있겠지만 우리 학교는 그것으로 특정 대학에 대한 추천 여부를 결정했기 때문이다. 다행히 수술 후 회복은 너무 늦지 않게 끝났다. 그렇게 나는 모두가 아파하는 병원에서 모두가 아파도 아파하지 않는 병원으로 자리를 옮겼다.

'입원실명: 3학년 X반'

이번에는 오히려 몸을 굴리기로 했다. 체육 시간에는 탁구도 열심히 했다. 기운은 내 몸에 모아놓기만 하는 게 아니라 흐르게 해야 한다는 사실을 깨달았다. 생활에도 너무 신경 쓰는 게 되레 안 좋다는 생각이 들었다. 물도 많이 마시고,

잠도 규칙적으로 자고. 그만하면 될 지라는 생각이 들었다. 내가 뭘 더 할 수 있을까. 나머지는 대천명, 인샬라, 신의 뜻대로였다. 내 몸에 대한 잔걱정은 내 몫이 아니었다.

그렇지만 그것과는 별개로 성적에 대한 부담, 그리고 그걸 내려놓을 수 없는 것이 없다는 사실이 나를 괴롭혔다. 신경증 증상이 나아지지 않자 정말 이게 계속 가면 어쩌지 하는 불안이 또 불안을 낳았다. 결국 그 짐은 내 몸이 지게 되었다. 또 재발률이 더 높아진 기흉을 가지고 산다는 게 싫었다. 혹 시험 기간에 그게 다시 재발할까 봐 너무 불안했다. 참고로 내가 입학한 해부터 우리 학교는 시험에 응시하지 않으면 아예 기존 성적의 80%만을 반영하는 제도로 바꾸었기에, 시험을 보지 못하면 학종으로의 길은 거의 사라지는 것이나 마찬가지였다.

신경증 증상이 극심해지면서 난 원인을 찾으려고 허둥댔다. 그렇게 마음속의 평안을 찾으려고 돌아다닐수록 점점 그것은 나로부터 도망치고 있었다. 신기한 것이, 어떤 사람이 안정적이길 원할수록 그 사람의 마음은 안정으로부터 멀어진다.

한 발짝 내딛는 게

사실 생각을 해보면 내가 불안해하는 이유는 단순했다. 확신이 없었다. 내가 좋은 대학에 갈 것이라는 확신, 내가 공부한 만큼 결과가 나올 것이라는 확신, 내가 다시 병에 걸리지 않을 것이라는 확신. 미래를 예측할 수가 없었다. 그러니 당연히 불안할 수밖에. 인정해야 했다. 당연한 얘기지만 원래 앞의 일은 아무것도 확신할 수가 없는 것이라는 걸. 남들도 사실 근본적으로는 다 그렇겠지만 그 당연한 사실을 인정하는 것이 나에게는 힘들었다. 솔직히 말로는 되지만 몸이 말을 안 들었다. 번지르르하게 깨달은 점은 노트에 정갈히 적든 간에, 솔직하게 정말 미쳐버리겠다고 노트에 휘갈겨 적든 간에 몸은 별로 나아지지 않았다.

욕심이 너무나 많아서 그런가 하는 고민도 들었다. 나한테 이미 너무 많은 행운이 있었으니까, 이제는 빼앗길 차례인가 하는 생각이 들었다. 그런데 그냥 시험을 포기해야겠다고 생각하면 오히려 마음이 편한 것 같다가 되레 더 불편해졌다. 선생님 때문도, 부모님 때문도 아니었다. 이게 행운인지, 저게 불운인지, 스스로 판단하려 했던 나만이 있었다.

너무 억울했다. 가장 활발할 시기인 19살의 남성이, 갱년기에나 주로 나타나는 증상으로 인해 고생하고 있다는 사실이.

하루는 대형 학원에 있는 강의를 듣다가 중간에 얼굴에 식은 땀이 너무 나서 뛰쳐나왔다. 비정상적으로 땀이 주르륵 계속 흘러내렸고, 화장실에서 몇 번을 차가운 물로 목덜미를 쓸어 내린 후에 겨우 수업을 다시 들었다. 그럴 때마다 '그럴 수도 있지'라고 입으로는 내뱉었지만, 뭔가가 계속 풀리지 않는 듯했다.

그 엉킨 실마리가 무얼지 찾아가려 할수록 증상은 더 격화되었다. 단순히 목에 무언가 걸린 느낌이 드는 것에서 벗어나 입안으로 열이 올라서 치아가 모두 빠지는 느낌이 들었다. 혀는 계속 입천장을 찔러 댔다. 심지어는 이런 증상에도 이름이 있었다. 구강작열감증후군으로, 결국 원인은 똑같이 신경과민으로 갱년기에 주로 발생하는 블라블라. 한 번 뒤틀린 몸이 쉽게 돌아오지 않았다. 가슴 가운데가 쓰라린 증상이 생기자 역류성 식도염약을 먹었지만, 그때뿐이었다.

웃긴 그림 중에서 '당장 실천 가능한 과제 목록'에 잘 먹고, 잘 자고, 잘 숨 쉬는 게 쓰여 있는 걸 보았다. 나에게는 그중 어느 것도 그리 만만치 않았다. 특히 시험 기간이 되면서 스트레스는 극심해졌고, 잘 자고 시험 보는 걸 철칙으로 삼았던 나는 한숨도 못 잔 채로 시험을 보게 되었다. 당연히 시험 결과가 그리 좋을 리 없었다. 어떤 날에는 이를 막아보려 청심환까지 먹으니 몸 안에서 오묘한 조화가 일어났는지 OMR

마킹 실수까지 연달아서 하는 상황에 이르렀다. 시험 도중에는 1층 외벽에 있는 실외기 소리가 신경이 쓰여서 자리를 바꿔야 하지 않을까 온갖 찡그리는 표정을 다 지으며 시험을 보기도 했다.

어떨 땐 이 모든 게 지긋지긋해서, 차라리 콱 기흉에 걸려서 입원이나 했으면 좋겠다는 생각이 들었다. 조금 증상이 나아지면 오히려 기쁜 게 아니라 다시 안 좋아지면 어떡하지 하고 불안했다. 분명 결승점이 몇 미터밖에 남지 않았다는 건 알겠는데, 마치 과학 시간에 자석이 서로 붙지 않으려 애쓰듯 발이 띄어지지 않았다. 그렇지만 내가 나를 못 도왔는데도 하늘이 나를 도우셨다. 3학년 때 3번의 정기고사, 그리고 수능까지 치르게 하셨으니 말이다. 물론 두 번의 면접도 치르게 하셨다. 비록 3시간의 면접 대기시간 동안 화장실을 5번 정도 들락날락했지만 말이다.

솔직히 내가 이것들을 모두 극복했다고 당당하게 말하지 못한다. 대학에 가면 극복이 된 건가. 힘들게 고민했지만, 해결하지 못한 측면이 많다. 어떤 큰 깨달음으로 모든 근심이 해결되어서, 몸이 건강해지는 것 따위의 일은 일어나지 않았다. 때로는 그런 것 같다는 느낌을 받을 때도 있었지만 찰나에 불과했다. 그런 일들이 연속적으로 벌어지자 패배감이 나를 감쌌다.

아무리 발버둥 쳐도, 아무리 좋은 것을 믿어보려 해도 안정이 찾아오지 않는 것, 그 마음은 입시에서도 마찬가지였다. 뒤처질까 봐 불안해서 아무리 좋은 학원 강사 밑에서 배우고, 좋은 독서실에 가야 한다고 엄마에게 떼를 써서 거금을 들여 그곳에 등록한다고 해도 확신이 없는 마음은 이에 만족하지 않았다. 내 선택은 뭐든지 곧 안 좋은 선택 같았다. 아무리 검증되었다고 하더라도. 그러나 이런 생각도 차츰 효용이 떨어졌다. 뭐라도 선택해서 하는 게 적어도 아무것도 안 하는 것보다는 나으니까. 사람이 거의 없는 밤에 공원을 걸으며 코트디부아르의 유명한 그룹 매직 시스템(Magic System)의 〈움직여 움직여(Bouger Bouger〉를 들었다. 노래는 아무리 말하고, 아무리 울어도 아무것도 바뀌지 않았다고 말한다. 흥겨운 리듬에 무뎌 보이는 가사였지만 내게는 날카로운 울분으로 다가왔다. 그리고 그런 감정과 상관없이 시간이 멈추지 않듯 리듬도 느려지지 않았다.

Tant que y'a la vie on dit toujours y'a espoir
삶이 있다면 우리는 언제나 희망도 있다고 말하지

Si y'a espoir, tu dois bouger oh yéé
만약 희망이 있다면 넌 움직여야 해 오예

회복은 내가 모를 때 이루어지기 마련이다. 평화로울 때는 평화로움을 느끼지 못하듯이. 회복되었음을 알아차려도 두렵지 않을 때, 그때 비로소 나에게도 평화가 찾아오지 않을까 싶다. 모두가 대학에 합격하면 이 모든 고통에서 해방될 것이라고 말했다. 그 후로는 자유를 만끽하게 될 거라고. 그러나 그러지 않았다. 회복이 아니라 어쩌면 탈바꿈을 하고 싶은지 모른다. 해가 지고 떠오른 달은 다시 여명이 찾아올 것이라는 믿음으로 밝은 것처럼.

얼마나 내 마음에 깊숙한 문제가 있기에 이런 것일까 생각이 들기도 한다. 하지만 내가 또 알아낸 사실이 있다면 그 깊숙한 동굴은 뭐가 있는지 파내려고 할수록 더 깊어진다는 것이다. 나는 용기를 내어 그 동굴 안에 들어가지 않기로 했다. 대신 그 동굴의 존재를 바라봐주기로 했다.

안경을 안 쓰신다구요?

초등학교부터 고등학교까지 12년 동안 학교에 다니며 겉으로 보기에 생긴 변화 중에는 커진 키만 있지 않다. 또 다른 변화는 바로 모두 다 안경을 쓴다는 사실이다. 정말이다. 초등학생 때는 반에서 한 오분의 일 정도만이 안경을 썼던 것으로 기억한다. 그러다가 중학교 때 절반 정도의 친구가 쓰더니 고등학교 때는 거의 다 쓴다!

나도 그렇다. 스스로 디지털 기기를 적게 사용하는 것에 대한 자부심이 있었기에, 고등학교 입학 때까지는 어느 정도 시력을 유지했지만, 입시 공부를 하면서부터는 급격히 안 좋아졌다. 특히 독서실 생활, 고도의 스트레스를 받는 상황에 놓이면서 나도 안경을 맞추고, 또 더 높은 도수의 안경으로 바꿨다.

나만 이런 것은 아닐 것 같아서 궁금해서 통계를 찾아보니, 실제로 그렇다. WHO에서 발간한 2019년 전세계 시력 현황 보고서(World Report on Vision)의 30쪽을 보면 우리나라 대도시에 거주하는 청소년의 97%가 근시로 추정된다고 쓰여 있다. 실로 심각한 수치다. 왜냐면 이는 몸이 그 자체로 온전치 못하다는 것을 말하기 때문이다. 만약 위기상황이 생겨 렌즈나 안경을 못 구하는 때가 온다면 우리는 그야말로 '자립'하기 어려울지 모른다. 생각해본 적 있는가? 눈뜬장님들이 서로의 존재를 알기 위해 발버둥 치는 모습을. 다른 나라도 심각하지만, 우리나라만큼 심각하지는 않다.

단순히 앞을 보는 시력이 줄어드는 것뿐 아니라 사회에 대한 시력도 낮아지고 있다. 더 큰 문제다. 우리가 청소년의 시력이 갈수록 줄어드는 것을 보지 못한 이유도 여기에 있다. 시력이 갑작스레 줄어들고, 몸무게가 갑작스럽게 늘어나는 게 아닌 것처럼, 예를 들어 기후변화 같은 문제도 '눈에 보이지 않게' 찾아온다. 하늘이 어두워져도 스크린은 언제나 맑음이고, 전 세계의 소식이 기기를 통해서 다가올 때 사실은 어떤 소식도 내게 다가오지 않는다.

세상이 참 빠르게 변화한다. 분명 10년 전과 지금은 아주 다르다. 60억 인구 시대로 접어든 지 몇 년이 안 되어 벌써 77억의 사람이 지구에 있고, 싸이의 '강남스타일' 뮤직비디오가 세계 최초로 1억 조회 수를 넘었다는 말이 나온 지도 몇 년 되지 않았는데 벌써 웬만큼 유행하는 뮤직비디오는 모두 1억 조회 수를 넘긴다. 그런데 사람들은 놀라지 않는다. 아무도 '왜'라고 묻지 않으며 신기술을 받아들이고, 곧잘 익숙해진다.

물론 어떻게 항상 이 세계에 놀라워하면서 살 수 있을까. 이런 생각에 빠져서 살고 싶지는 않다. 그러나 잊어서도 안 된다고 생각한다. 가끔 산에 올라가 아파트가 블록처럼 배치된 동네 풍경을 보면서 경이로움을 감출 수 없다. 우리는 처음 보는 시대를 살고 있다. 적어도 현재 인간이 유추할 수 있는 바로는 처음으로 이렇게 거대한 문명을 건설했고, 이렇게 많은 인구가 살고 있고, 이렇게 많은 자원을 가용한다.

인류의 역사는 해야 하는 것을 할 수 있는 것으로 만든 과정처럼 보인다. 그런데 때때로는 거꾸로 할 수 있는 것을 해야 하는 것으로 바꾸기도 한다. '화상으로 수업할 수 있다'에서 어느새 '화상으로 수업해야 한다'가 된 것처럼 말이다.

그렇기에 다시 한번 상기한다. 이 모든 찬란함이, 영화가, 사실은 그저 신기루에 불과하다는 것을. 이 모든 것을 지탱하는 힘은 결국 이런 변화를 똑바로 보는 눈과 '왜'라고 물을 수 있는 입이라는 사실을. 그리고 그 눈과 입마저 다 하나의 작은 뿌리에서 왔음을.

자아에
대하여

드디어 마지막 질문이다. 사실 모두가 하는 질문 아닐까? 하하. 머릿속에는 이따금 내가 잘하고 있는 건지, 내가 정말 괜찮은 건지 의문이 들곤 한다. 이미 많은 얘기들을 했기에 이런 너무나도 사적인 얘기를 공유할 이유가 있을까 싶기도 하고, 너무 불필요해 보이기도 한다. 그렇지만 이야기는 사적일 수 있어도 그 본질도 정말 사적일까? 고등학교 생활에서 주위를 둘러보며 친구, 가족, 그리고 나에 대해 느낀 점을 모아보았다.

그날의 우연

"으악"

욕까지 쓰며 6년 동안 썼던 내 피처폰을 순간 강하게 들어서 던지려다가 아차 하고 다시 놓았다. 6시, 6시였다. 내 대학 발표가 나던 순간이었다. 이미 5시에 다른 대학 발표에서 떨어진 것을 확인했고, 그 전날에 있던 또 다른 대학도 마찬가지였다. 6개의 카드가 주어진 수시에서 이번이 3번째 발표였다.

바로 이 순간의 15분 전, 조금 이상하게 우리 집은 다른 일로 심각했다. 아빠가 어머니의 생신을 기억하지 못하고 있었기 때문이다. 참고로 이날은 어머니 생신 하루 전이었다. 어써나 나온 말이었지만 온갖 힌트에도 아빠는 충격적이게도 그 사실을 기억하지 못했고 엄마는 당연히 꽤 충격받은 상태였다.

그때 나는 거실에 있는 내 책상에서 대학 결과를 기다리며 무기력하게 유튜브를 보고 있었다. 옆에는 탈탈거리는 세탁기가 놓여 있고, 오랜 시간 사용해서 온갖 내 역사가 정신없이 쌓인 그 공간.

이미 너무 긴장을 많이 한 탓에 다음 단계, 즉 모든 것에 대해 무기력해지고 어떤 즐거움도 찾을 수 없는 상태가 된 지 며칠 되었을 때였다. 그사이 엄마는 아빠에게 당신의 무기력함과 멍청함을 큰소리로 외치고 있었고, 그 사이에 누나까지 들어왔다. 4명이 집에 함께 있는 시간은 거의 없었기에, 집은 4명으로도 북적댔다. 그리고 그중에서 오늘이 대학 발표날이라는 것을 아는 사람은 나밖에 없었다.

물론 그렇게 한 데에는 이유가 있었다. 나는 애초에 어느 대학에 지원할지조차 가족에게 알리지 않을 셈이었다. 내가 만들 결과가 온전히 내 것이길 바랐다. 가족에게 내가 얼마나 좋은 대학에 들어갔는지 나 자신을 증명하자! 그러나 3학년이 되면서 성적이 크게 떨어졌고, 그런 내 어리숙하고 심지어 비논리적인 생각도 점차 무뎌져 갔다. 당연히 어느 대학을 쓸지도 부모님께 모두 말씀드렸고. 그렇지만 대학 발표일을 정확히 알려드리지 않은 건 그 알량한 자존심의 마지막 보루였다. 그렇지만 정작, 이 대학에 면접을 보러 갈 때는 수험표조차도 생각 없이 챙겨가지 않아서 애를 먹을 정도로 나는 챙김(?)이 많이 필요한 아이였다.

6시가 좀 지나서 확인했다. 확인이 될까 싶었다. 조심스럽게 수험번호를 입력하고 엔터 키를 쳤다. 합격이었다. 신기했다. 또 신기했다. 합격이 되기 힘들 거라고 예상한 학교였는데도 붙은 것이었다.

"OO대 붙었어, 붙었다고,,,"

사실 크게 기쁘지 않았다. 내가 냉혈한이어서가 아니라, 신경계 고장으로 인해 그런 감정이 잘 조절되지 않았기 때문이다. 그렇지만 우선 분위기가 보였다. 기뻐할, 또 울어야 할 분위기가. 비록 2시간 후에 바로 우울 모드로 바뀌었지만, 신기하게도 그 순간만큼은 눈물이 났다.

그것보다도 신기한 우연은 이 대학 지원이 거의 유일하게 우리 가족의 공동 작품이라는 점이었다. 기본적으로 나의 경우 9할 이상은 당연히 어머니께서 도와주셨고, 이 학교를 추천한 건 아버지셨다. 그리고 여기를 쓰도록 결정하게 한 것은 누나였다. 이 자체로는 놀라울 게 없지만, 내가 평소에도 누나 말은 다 반대로 행동하는 습관에다가 누나만 오면 말수가 적어지던 나를 볼 때 참 신기했다. 그렇게 잘 뭉치지 못하던 우리 가족은 그날 싸우던 순간에 회합하고 말았다.

그날의 면접

조금 옆으로 새는 감이 있지만, 이 대학의 면접에 관련된 얘기를 몇 개 꺼내 보는 게 좋을 듯하다. 이 대학에 붙기에는 완연한 하강 곡선인 내 성적 그래프와 타 대학과 다른 자소서 형식이 우선 지원부터 꺼려지게 했다. 게다가 수능을 보기 전에 있는 면접이었기에 조금 부담이 되었지만 결국 선생님과 가족의 조언 아래에 신청은 했다. 그리고 면접대상자 발표일이 찾아왔다. 그날이 오기 전날 밤부터 나는 떨려서 잠을 제대로 자지 못했다. 그리고 다음 날, 독서실에서 태블릿 PC로 숨죽여 내 이름을 검색했고, 면접대상자에 포함되었다는 말에 긴장이 풀리며 눈물이 핑 돌았다(이 눈물은 진짜 눈물이었다).

앞으로 면접 날까지 남은 일주일이 중요했다. 마음을 가다 듣고 면접을 준비하기 시작했다. 그동안 했던 관련 활동 자료를 모으고, 예상 질문을 찾아봤다. 내가 다니던 학원에 연락해보니 따로 준비반은 열리지 않는다고 했다. 그래도 재원생이다 보니 적지 않은 도움을 받을 수 있었다.

되레 우리 가족도 분주했다. 우선 옷이 문제였다. 3년 동안 교복을 매일 같이 입고 다녔기에, 정작 면접을 볼 때 필요할 깔끔한 복장이 없었다. 그나마 가족 중에서 감각이 있던 누나가 나섰다. 백화점에 가서 윗옷과 양말을 사다 주었는데, 다행히 나와 잘 맞았고, 너무나 다행이었다. 누나에게 정말 고마웠다. 옷을 헝클어트리지 않도록 교육까지 받은 이후에야 나는 다시 면접 준비를 할 수 있었다.

당일 나는 대학교로 가는 방법을 수첩에 메모하고, 대학 홈페이지에 있던 약도를 출력해서 가방에 집어넣었다. 어머니께서는 거기서 먹을 바나나를 싸주셨고. 물론 그게 충분하지 않으리라 장담했던 나는 초코바도 몇 개 더 챙겨 넣었다. 아버지는 학교 구경도 하실 겸 나와 따라나서겠다고 하셨다. 이제 모든 준비는 끝났다.

그리고 게으르던 나도 이날만큼은 일찍 출발해 지하철을 탔다. 내려서부터 긴장이 심하게 되었다. 나를 압도했다. 해당 건물 근처로 가자 정장을 차려입은 남학생이 쏼라쏼라, 단정한 복장을 한 여학생이 블라블라, 다들 열심히 생기부를 보는 모습에 주눅이 들기 시작했다.

'자 이제 면접 대상자 학생분들은 신분증과 수험표를 지참해주세요. 학생증은 얼굴과 생년월일이 기재되어 있어야 합니다.'

아, 맞다맞다. 학생증. 항상 가지고 다녔기에 딱 꺼내 보았는데, 생년월일이 없었다. (……?)그리고 그 학생증 뒤에는 주민등록증이 있었다. 아, 맞다맞다.

"수험표 보여주세요."

'엥? 수험표? 들고 와야 함?' (세윤아, 그냥 정신줄도 안 들고 온 거는 아니지?)

다행히 약도를 보기 위해 출력한 홈페이지 종이에 내 수험번호 정보가 같이 있어서 앞에 사무관님이 보시더니 통과시켜 주셨다. 원래 덜렁대는 성격은 아니었는데, 고3 생활이 나를 변화시키긴 했다.

큰 면접대기실에서 나는 굉장히 뒷번호였기에 오래 기다렸고, 물만 자꾸 마시니까 화장실만 계속 갔다. 조금 땀이 나는 것 같으면 입었던 카디건을 벗고, 다시 입고를 여러 번 반복했다. 너무 긴장했는지 솔직히 배도 안 고팠다. 그렇게 160분 정도를 기다렸을 때, 작은 면접대기실로 인도받았고, 또 면접실 앞에서도 대기시간을 가졌다.

입학사정관님(추정): 오느라 고생 많았어요. 오래 기다렸어요??

나: 예... 뭐 오히려 준비할 수 있는 시간이 생겨서 좋았습니다(이것부터 버벅).

입학사정관님: 예 누구랑 같이 왔어요??

나: (이런 걸 왜 물으시지....) 아 네 아버지랑 같이 왔습니다.

입학사정관님: 어 그럼 기다리고 계시겠네요??

나: (굳이 이런걸?) 아 네 아버지께서 대학 구경하고 싶다고 하셔서 남아 계십니다.

입학사정관님: 네 그렇군요.... 오늘 (어쩌고저쩌고 기억 안 남) 면접 진행할 거고 다른 지원자와의 형평성을 위해서 딱 8분의 시간만이 주어질 겁니다. 아시겠죠?

나: 네

향후 8분간 월월, 왈왈 말하고

나: 감사합니다!

하고 나왔다. 내가 마지막에 인사는 제대로 했는지 궁금해하며. 집에 가서 돌이켜보니 심지어는 내가 조금 과하게 말한 부분도 있었다. 머릿속이 새하얘졌는지 말이다. 가족의 도움

없이는 불가능했던 이 면접을 마친 후 현재 이 대학에 재학 중이다.

가족을 마주하다

몸과 마음이 아프면서 상담을 받기 시작한 후에, 나는 우리 집을 둘러보지 않을 수 없었다. 분명 나에게 중요한 것은 스트레스로 인한 신체화 증상이었지만 상담 원칙대로 상담을 받다 보니 가족에 대해 얘기부터 하기 되었다. 한 사람이 만들어지는 데에는 부모의 영향이 가장 크다는 것이 상담의 기본원칙이고, 나는 어쨌거나 청소년 신분이었다.

부모님 두 분은 으레 다른 부부도 그렇겠지만 정말 많이 다투신다. 성격도 매우 다르시고, 취미도, 습관도 매우 다르시다. 공통점이 거의 없는 두 분을 보며 나와 누나의 탄생이 인류의 신비로 느껴질 정도였다. 하기야 세상은 언제나 신비로운 일로 둘러싸여 있지 않은가. 사실 모든 사람이 그렇듯이.

그런 두 분의 성향은 내가 학교 얘기를 꺼낼 때도 고스란히 나타났다. 내가 불평을 할 때면 어머니는

"그러게 프랑스어과에 여학생 많을 거 알면서 왜 들어갔어

그러게. 이것 때문에 스트레스받고 말이야. 그냥 1학년 때 전학을 갔어야 하는데. 학생회는 그냥 하지 말지 그랬어. 안 그래도 몸이 약한데."

아버지는

"네가 가는 학교가 최고의 학교다. 최고의 학교가 아니면 네가 최고의 학교로 만들어버려!"라고 말씀하셨다.

이렇게 얘기하니까 마치 아버지는 자상하고 용기를 주시는 반면에 어머니는 신경질적이시라고 비춰질 수 있겠다. 그러나 이미 레몬 나무 이야기에서 보았지만, 저것이 어머니 최대의 단점이요, 아버지 최대의 장점이라는 것을 안내해드린다.

누나는 누나대로 대하는 데에 있어서 힘듦을 가졌다. 같은 세대여서 공감대가 더 잘 형성될 수 있겠지만, 안타깝게도 그 외에는 공감대가 잘 형성되지 않았다. 현재는 많이 나아졌지만, 모든 말을 똑 부러지게 직설적으로 말하는 누나와 비유를 들어 에둘러 말하기에 알아듣는 데 상상력이 필요한 내가 대화하는 건 또 다른 인류의 신비를 체험하는 일이었다.

어려웠다. 가족을 마주 보는 것은. 부모님의 안 좋은 점이 보일 때는 그것이 나에게 오롯이 들어가 있지 않을까 불안했다. 너무 상극인 두 분이 만나신 것 같았다. 어떨 때는 어렸을 때 왜 나에게 그랬냐며 어머니께 투덜대기도 했다. 왜 어린 나에게 그토록 많은 마음의 짐을 전하셨냐고.

당연하지만 어머니는 이에 대해 자신이 다시 뭘 잘못했냐고 말씀하셨다. 정작 그때의 나도, 어머니도 모두 최선을 다했을 뿐 잘잘못을 따질 수 없는 문제임에도 그랬다. 그렇게 몇 개월 정도라 지나고 그런 말도 지겨워질 때쯤 부모님의 영향에 대해 계속 생각하는 것이 더는 그리 의미 있지 않은 일이라는 것을 깨달았다. 그리고 놀랍게도 이 모든 게 고3 때 있던 일이었다.

성숙한 사람은 내 핏줄에 흐르는 부모님의 실들을 좋은 것이든 나쁜 것이든 그대로 보고 인정할 수 있는 사람이라는 것을 알았다. 그래야 나쁜 것은 끊어낼 수 있을 테니까. 또 제대로 나를 보지 않은 채 끊어내려 하면 그건 오히려 단단히 꼬일 테니까.

어떻게 '생겨 먹었는지' 보이나요?

무엇보다도 가장 어려운 일은 나와 가장 친하고 가까운 가족, 결국 나를 알아가는 것이었다. 나는 내가 누군지 잘 안다고 생각했지만, 전혀, 전혀 아니었다. 정작 내게는 나를 알고 싶던 욕망이 차마 표현되지 못하고 뭉쳐져 뾰족해진 덩어리만이 있었다. 왜 이렇게 되었는지 뒤로 가보기로 했다.

그리 많지 않은 내 어릴 적 사진을 살펴보며 참 미안했다. 애늙은이처럼 마치 자신이 지혜로운 사람인 양 말하는 어린 내가 보였다. 절실하게 공부하지 않으면 존재의 가치가 없어질 거라고 바둥대는 나도 보였다. 거실에서 혼자 도미노를 하면서 노는 아이도 보였고, 겁에 질린 눈을 하고서는 애써 침착하려고 하는 아이도 보였다. 그러는 사이에 나는 계속 겉만 새로운 모습으로 '업데이트'되고 있었다.

그렇게 겁이 많았던 소년은 커서도 겁먹을 거리를 찾고, 마음의 문을 차마 만들지 못한 소년은 오직 벽만을 가질 뿐이었다. 한동안 나는 그 뽀얀 얼굴이 나를 용서하기를 기다렸다. 그때의 네 마음을 이제야 조금이나마 알게 돼서 미안하다고. 동시에 소망했다. 더 어린 날에 읽던 청소년소설처럼, 나도 사막에서 누군가가 일어나 걸을 때, 물을 건네줄 수 있는 사람이 되길.

'생겨 먹은 대로 살아야지'

참 많이 듣는 말이다. 그런데 정말 우리는 우리가 어떻게 '생겨 먹었는지' 정말 알고나 있긴 할까. 나는 샌님이다. 꽤 오랜 학창 시절 동안 아니라고 부정을 해보려 했지만. 남학생이라면 누구나 즐겨 할 컴퓨터 게임 한 번 해본 적이 없고, PC방에 가본 적도 없다. 중학교 2학년 때는 한성백제의 수도가 정말 어디일지가 궁금해서 밤낮으로 책만 보다가 30매짜리 보고서를 쓴 적도 있었다. 모범생이 아닌 모험생이 되라고 매스컴에서는 떠들었지만, 아무리 노력해도 내 이미지는 모범생이요, 샌님이었다.

그렇다. 나는 샌님이다. 근데 그게 나는 아니다. 그저 구성요소 중 하나일 뿐이다. 그리고 놀랍게도, 그것들은 사라지기도 한다. 마치 커다란 동산처럼 존재해서 내 시야를 가린다. 그 동산이 전부인 듯하다. 하지만 그 동산을 조금만 멀리서 똑바로 바라만 보아도 그 동산이 조금씩 사르르 녹아 사라지고 있음을 발견했다. 녹기까지는 시간이 오래 걸리지만 그래도 예전보다는 당당해졌다. 당연히 그 '동산'은 나 혼자 만든 게 아니었지만, 적어도 스스로 할 수 있는 걸 하고 싶다. 어쨌든 내 일부니까.

생각해보면 그런 동산들 중 하나는 위에서 말한 이 대학에의 지원에 관한 것이기도 했다. 개인적 선호도도 있고, 객관적으로도 지원할 성적이 되지 않았기 때문에, 또 우리 학교 학생들이 너무 높은 대학을 쓴다고 생각해서 지원하지 않으려 했다.

그러나 또 하나의 이유는 그 동산이 내게 '이 정도면 족한 줄 알렴'이라고 말하고 있었기 때문이다. 하지만 누가 그렇게 단정 지어 버리는가? 경주마처럼 무작정 세계 초일류 대학을 가기 위해 노력하라는 뜻이 아니다. 그것도 동산이라면 오히려 역효과가 날 테다. 그러나 '이 정도면 족한 줄 알아라', '이 점수도 안 나오면 안 된다'라는 말은 상반되는 것 같지만, 알고 보면 강박을 합리화한다는 점은 같다.

내 그런 생각이야말로 가소롭고 비겁했다. 그게 처음에는 겸손인 줄 알았다. 그런데 아니었다. 오만이었다. 겸손 하라고 하면서 우리는 '너 주제나 알라'고 말한다. 들으면 참 슬픈 말이지만 그게 진짜 겸손이었다. 진정으로 내 주제를 마주볼 용기를 내는 건 참 힘들지만, 그때 비로소 그 '주제' 역시 앞에서 말한 동산처럼 녹아내리지 않을까. 단순히 '기만'이나 '잘난 척'을 얘기하는 게 아니다. 그건 다른 사람 얘기도 들어봐야 한다. 그렇지만 적어도 스스로 기만을 하고, 잘난 척을 하는 건 덜할 수 있지 않을까. 결국 그 둘의 근본은 같으니까 말이다.

'주제 파악'은 '한계 파악'이 아니다. 오히려 한계를 뛰어넘게 해준다. 내가 지금 어디 있는지 선명하게 알면 어디로 갈 수 있는지 방향도 보이는 것 아닐까. 지금 어떤 상태에 있다는 게 어떻게 앞으로도 그 상태에 있을 것이라는 말로 바뀌어버릴까. 함부로 내 한계를 정해버리면 오히려 그렇게 만들어진 동산이 나라고 생각되지 않을까.

고등학생으로서 성적이 등급으로 나오는데 그 '주제'를 남과의 비교만으로 구하기는 너무나도 쉬웠다. 성적이 나를 보여주는 가장 큰 '동산'이 되어 있는 건 어쩔 수 없지만, 적어도 자신을 위해서라도 그 동산 때문에 그 너머에 있는 들판까지 보지 못하는 상황은 막을 수 있으면 좋겠다. 아직 그 시스템이 당장 바뀔 수는 없다고 예상되니까. 또 어쩌면 고등학교만 그런 게 아닐지도 모르니까.

그 동산이 모여진 산 가운데에 산성이 있다면, 그 안에 바로 내가 있었다. 한때 높고 멋있다고 여겨지는 성을 쌓고 남과 교류하다가 누가 이 성벽을 무너뜨리려 하면 나를 무너뜨린다는 생각에 그 성벽을 필사적으로 지켰다. 분명 이게 제일 안전하다고.

그러나 조금씩 금이 가고 아무리 보수를 해도 더는 멋지지 않고 마침내 허물어졌을 때, 나는 너무 두려웠다. 저 높은 성벽이 없으면 누가 날 지켜주지? 내가 없어진 느낌이었다. 그런데 결국 내 발로 그 폐허가 된 성을 나왔을 때 내 키가 이미 훨씬 커졌다는 걸, 또 저 커다란 성벽이 실은 그냥 내가 오물조물 만든 진흙 벽임을 알아버렸다.

물론 이런 배움을 말하는 것은 쉽지만 실천하는 것은 또 다른 문제였다. 이런 생각을 소개하는 것에 양심의 가책을 느낄 정도로 말이다. 하하. 그래도 어쨌든 배우고 있다는 사실만으로도 기쁘다.

5년 전에 생각했던 나와 지금의 나는 아주 다르다. 또 5년이 지나서 이 글을 보고 보면 나를 다르게 볼 것이다. 이 지속 가능하지 않은(지속한다면 오히려 이상할) 지금의 생각에 너무 얽매이지 말아야겠다. 왜냐면 시간은 지금에 얽매이지 않으니까.

나 정말 괜찮나? 우리 가족 정말 괜찮나? 우리 학교 정말 괜찮나? 우리 사회 정말 괜찮나? 솔직히 아무것도 답하지 못하겠다. 그렇지만 인터넷에 검색해도 그런 대답 따위는 주지 않는다는 것쯤은 안다. 아무리 정교한 기준과 방대한 지식을 동원한다고 해도 마찬가지일 것이다. 오히려 정확한 답을 찾지 못하더라도, 찾으려 애쓰는 그 자체가 이미 의미 있는 것 아닐까. 사회에 던지는 생각과 의견은 내 것이지만 나는 아니라는 사실이 나를 놀라게 했다. 아무리 난 이상하고 별난 놈이 되려고 해도, 난 괜찮은 놈이었고, 놈이다.

고등학생으로 지내며, 배우는, 배울 사람으로서 나는 내가 얼마나 진실로 특별하고 소중한 사람인지 배웠다. 또 그렇기에 가족을, 학교를, 세상을 만나며 배웠다. 모두가 그 자체로 얼마나 특별하고 소중한 사람인지. 또 그래서 우리가 모두 평범하게 공감할 수 있다는 걸.

마지막 이야기

내가 이 글을 쓰고 있는 현재에는 코로나19가 전국을 덮쳐서 내 대학 생활도 많이 연기되었다. 밖으로의 외출을 자제하다 보니 자연스럽게 집 안에 4명이 모두 있는 날도 많아졌다. 어렸을 때는 그렇게 크던 집이 지금은 손아귀에 들어올 듯 작다. 아마 내 고등학교 3년의 기억도 집처럼 나중에는 그렇게나 작아 보이지 않을까. 굵직굵직한 일들을 정리해보면서, 이 고등학교 3년이 내게 얼마나 뜻깊은 시간이었는지 알 수 있었다.

특이한 놈이 특이한 학교생활을 했다. 특이한 주장도 많이 생각났다. 그런데 내가 느낀 점은 이상하리만치 평범했다. 일상을 스펙타클하게 느끼는 건 생각보다 쉬웠다. 정말 어려운 건 스펙타클한 일상도 별일 없이 살아가는 것이었다.

솔직히 그렇다. 나는 자퇴할 깜냥도 없었고 전학을 갈 도전정신조차 없는 사람이었다. 그렇다고 뼈 빠지게 공부하지도 않았고, 기적 같은 성적 상승 따위도, 이를 위한 충분한 뒷심도 없었다. 그렇게 모범적인 도전 생활 혹은 모범적인 학교생활을 한 고등학생 혹은 청소년 A는 아니었다.

그렇다고 기죽는 건 별로 도움이 되지 못했다. 차라리 한발 물러서기로 했다. 처음에는 낮추는 의미였지만, 시간이 지나며 내게 더는 'B급'이 낮은 자존감과 열등감의 자학이 아니었다. 오히려 이름을 붙여줌으로써 그 단어는 허상에 불과하게 되었고, 그 어떤 이름이라도 내게 붙을 수 있다는 생동감을 느꼈다. 고등학교에서는 피할 수 없던 배움을 잊지 않으며, 앞으로도 껍데기뿐인 개념으로 나를 방어하지 않고, 당당히 나아가며 배우기를 기대하며 말이다. 교실에는 우리가 앉아 있을 뿐이었고, 등급을 매기는 것은 내 마음뿐이었다. 아주 살짝 삐딱한 외고생. 그리고 그런 나를 바라보려 노력했던 사람. 그래서 난 분명 'B급 외고생'이었고, 동시에 아니었다.

소위 그 달리기 시합장이라는 고등학교에서 조금 천천히 가면서 어떻게 이 레이스가 진행되고 있는지, 때로는 지쳐가고 때로는 미쳐가며 조금씩 스케치해보았을 뿐이다. 또 누가 지쳐가고 누가 힘을 내는지, 누구는 어떻게 시합장을 빠져나와 살고 있는지, 이 경기장은 무엇으로 만들어져 있는지, 그리고 이 모든 걸 그리려는 손은 어디에서 왔는지도. 그리고 이게 그 스케치였다.

Un peu comme un bateau
한 척의 배처럼

Qui trouve son équilibre
균형을 잡아가는

Entre les vagues et le chaos
파도와 혼돈 속에서 말이야

–〈한 척의 배처럼(Comme Un Bateau)〉, Indila

고등학교 때 가장 많이 들은 프랑스 가수 인딜라(Indila)의 곡이다. 나뿐만 아니라 지금을 살아가는 모든 학생의 삶이 저 한 척의 배와 같지 않을까 싶다. 파도 속에서 균형을 잡으며 애쓰고, 또 힘듦에도 기어코 앞으로 항해하는 존재. 어디가 목적지일지도 확실히 알 수 없지만, 결코 뒤로 가지는 않는.

너무 많은 헛짐은 지지 않으면 좋겠다. 무게감이 생겨서 방향을 명확히 알 수는 있어도, 배는 곧 침몰할 것이기에.

차라리 가벼운 채로 출발했으면 좋겠다. 이곳저곳으로 방향을 바꾸다가 스스로가 균형될 것이기에.

노를 젓되 너무 강하게 젓지는 않았으면 좋겠다. 이 순간에 머물러서도 안 되지만, 지금을 만끽해야 하기에.

차라리 작은 배였으면 좋겠다. 내 배 안에 또 다른 집을 짓기보다는 더 넓은 바다를 볼 수 있기에.

내 배만을 보면서 가지 않았으면 좋겠다. 안 그러면 다른 배와 충돌할 것이기에.

에필로그 _내게 하고 싶던 말

"자, 그럼 OO외고에 다녔던 최세윤 군을 소개합니다."

내가 학부모님들과 학생이 빼곡히 모여든 교실로 들어섰다. 이 자리는 '선배와의 만남'이라는 형식을 통해 학원에서 OO외고 1차 선발 과정을 통과한 예비 고등학생과 학부모가 선배로부터 조언을 들을 수 있도록 마련된 자리였다. 스트레스로 인해 건강이 좋지 않았기에 당황스러운 상황이 생길까 봐 거절할까도 생각했지만, 또 나처럼 우리 학교를 진하게(?) 경험한 학생이 있을까 싶었다. 물론 원장님께서 배려해주시기도 했고. 몇 가지 이야기를 나눈 후에 갖가지 질문들이 이어졌다.

"제2외국어는 미리 공부해야 하나요?"

"독서록 작성은 어떻게 했어요?"

며칠 전까지만 해도 그저 이 학원에서 공부하는 많고 많은 사람 중의 한 명이었던 내가 마치 인생 멘토라도 되는 양 질문을 받고 있었다. 그것도 재밌는 사실이지만 어쨌든, 사실을 말씀드리려 애썼다. 내가 나름대로 가지고 있던 생각도 말씀드렸다.

그러나 친절히 말씀드렸다. 직설적으로 얘기할 수는 없었다. 학생이 어떤 중학교 출신인지, 스마트폰은 많이 하는지, 유학 경험은 있는지, 집에 돈은 얼마나 있는지, 학원 정보는 얼마큼 아는지에 대해 모조리 설명해 드릴 수는 없었다. 또 그 빼곡한 자리 저 끝에는 모든 걸 다 아는 듯한 표정의 아무것도 모르는 3년 전의 내가 앉아 있었다.

30분이 넘어가자 견디지 못한 내 얼굴이 달아오르기 시작했다. 입이 바싹 마르면서 땀이 흐르기 시작했다. 내 몸이 끝내야 한다고 말하고 있었다. 이윽고 시간은 다 되었고, 희망찬 말로 마무리를 지었다. '그래도' 이 학교를 선택했다는 것에서 '그래서' 이 학교를 선택했다고 말하며 졸업할 수 있도록 잘 공부하셨으면 좋겠다고.

학원을 나오면서 부는 겨울의 찬바람이 날카로웠다. 나는 그렇게 말할 수 있을까. 정말 '잘' 고등학교 생활 보냈다고.

고등학교 선택뿐 아니라 3년간의 생활을 온전히 책임져도 당당하다고. 솔직히 비겁한 말이었다. 저렇게 저 친구들도 3년 후에 나와 같은 말을 하게 되는 것은 아닐까도 고민되었다. 하지만 어떡해. 당당하건 아니건 내 책임은 내 건데.

그리고 전해주고 싶었다. 나도 너처럼, 우리처럼 고등학생 A, 혹은 더 나간다 해도 B에 불과하겠지만, 그게 전부는 아니라고. 학교에 적응하되 적응되지는 말라고. 어쩌면 내게 하고 싶던 말이 아니었을까.

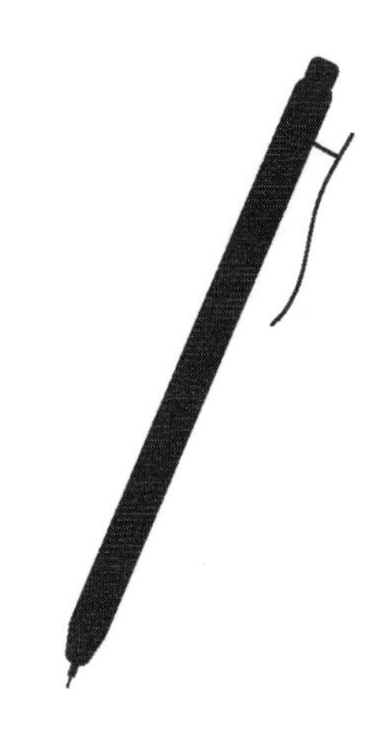

끄적인 시들

번창할 어느 회사를 위한 찬양

설립자는 아무것도 없던 땅에 부시를 삽고 회사를 설립해
창조적인 기업가 정신이 무엇인지 보여주었으며,

후에는 기막힌 회사 이름을 지으며
브랜드네이밍의 중요성을 보여주는 본보기가 되었으며,

자재들이 스스로 상품화되는 획기적인 시스템을 개발해서,
회사를 효율적으로 운영할 수 있게 하였다.

더불어,

나이가 들었다고 직원을 자르지 않는 굳건한 책임감을 보여,
그 박애정신을 사람들에게 널리 알렸으며,

동시에 유연하게 고용을 하며
수시로 업무환경이 변할 수 있도록 하는 세련됨도 보여주었으며,

가끔은 일하지 않고도 월급을 줄 뿐만 아니라 외부기관과 협력하여
돈을 벌 수 있도록 하여서,

그 넓은 아량을 모든 사람들이 알게 하였다.

그뿐이 아니다.

공장 주변에는 예쁘게 정원을 가꾸고 도색을 해놓아,
사람들로 하여금 기업 이미지의 중요성을 상기시켰으며,

동시에 건물 내부에는 울타리를 높게 쳐놓아
안에서는 업무에만 집중할 수 있도록 하는 재량을 보여주었으며,

또한 이와는 별도로 최근에는 회사의 문을 크게 열어
투자 유치를 위한 회사의 의지를 천명했다.

심지어는,

시도 때도 없이 회계감사를 받을 수 있는 시스템을 구축해 놓아서
직간접적으로 회사의 투명성을 널리 알리게 했고,

훌륭한 B급 전략을 펼침으로써
주변 경쟁업체들과의 마찰을 피하는 영리함을 보여주었으며,

때때로는 권력기관의 압박 속에서도 꿋꿋이 할 일을 하며
기업의 가치를 지켜나가는 대담함을 보였다.

이 회사는 리스크 상태가 아닌 적이 없었기에
경영위기를 맞은 적이 한 번도 없다.

그렇게 오늘도 OO외고라는 이름의 이 회사는
일 년에 몇백 개 남짓 되는 상품을 생산해내고 있다.

텅스텐 수저

난 보았지
수많은 흙수저들이 뿜어내는
귀엽고 무지한 땅의 열기

누군가는 그들에게 다가서서
예쁜 도자기를 보여주며 유약을 권하겠지
오랜 시간 구워지며 마침내 황홀한 겉면을 가지라고

기만적인 굼터에서
그걸 바르기 위해 안간힘을 쓰는 비열함
올려지기 위해 견뎌대는 쓰라림

난 또 보았지
숨기기 위해 유난히 곱게 행동하는 그들을
일말의 실수에 깨져버리는 고움을

어릴 적 야마하 플루트-싸구려가 아닌-를 받아들고서
나는 말했지
"난 그래도 텅스텐 수저 정도는 되지 않나요?"

거울을 아무리 봐도 선한 자기 또래밖에 뵈지 않는
귀금속의 순수함과
거울을 구경해보지 못한 땅 빛이 외쳐대는 소리

“난 보지 못했어요! 아무것도 보이지 않아요”
-그 텅스텐 막대기에 비춘 풍경

이전 모습을 모두 알고 계시는 분께 여쭤본다
이 조그마한 피리 소리 따위를 들고서는

“이 모든 걸 녹여버릴 수는 있나요?”

한껏 새로운 화음을 내라-이미 새로운 것은 없다*

* 놀라운 사실…! 이 시를 쓸 때 나는 내 플루트의 재질이 텅스텐인 줄로 잘못 알고 있었다…! 찾아보니 애초에 텅스텐으로 만든 플룻은 거의 없는 듯하다.

나무와 금

나무가 금을 이길 수는 없다-지금까지 과학자들이 발견해 낸

놀라운 사실!

다만 그들이 알려주길

상상하지 못할 시간 동안 땅에 묻히면,

그렇게 네가 누구였는지 기억하지 못할 정도로 바스라지면,

적어도 그 귀한 것을 녹여줄 불을 만드는 일 정도는 할 수 있다고.

그게 네 역할이라고. 충분히 값진 일이라고.

자 이제부터는 내 얘기를 들어라

네 친구는 이미 그 녀석에 이마팍을 들이댔다가 두 동강이 났다

인정해라. 너가 얼마나 무른 녀석인지

대신 네 양쪽 모퉁이를 깎아내라-너가 그리 싫어하던 금으로

살이 에이는 고통을 묵묵히 느껴라-끊임없이 저며라

그 모퉁이를 이어 한없이 당겨라-균형을 맞춰라 무너지지 마라

섬유질 하나하나가 버티는 그 순간에

화살을 놓아라

보라, 너가 금을 이겼다

외고그라드 전투

말끔하게 차려입은 군복과 함께 땀나는 손으로,
나는 전우들을 따라 버스에 탑승했지
강을 건너면 나온다는 최전선에는
고요한 적막뿐이 없었고
애먼 이어폰에서는 명예의 팡파르만이 왱왱 울리지
약간은 부담스러운 군장을 들춰메고
앞으로, 앞으로
가슴에 새겨진 빛나는 계급표,
이에 따라 군인들은 각기 다른 소대로
광기 어린 선동임을 알면서도,
상식에 대한 배신 속에서도,
이렇게나 많은 이들이 이곳에 있다는 사실만으로
전선을 지킬 동안,
헛소리를 일삼는 녀석들, 불구가 된 녀석들
철십자 훈장에는 엄청난 고통이 따른다고 말하지만,
모두가 훈장을 달 수가 있을까
총통이여, 동지여!
그대는 이 전투에서 내 적이 누군지 보이십니까?
내 아군은 누구인지 보이십니까?

대답 없는 그대 목소리에

아, 나는 허깨비를 따랐구나

60년 어치 마루타

오래전 이 사회는 기가 막힌 실험을 계획했다
무모하고도 거룩한 실험

가장 많이 자랄 시기에,
반나절도 잠자지 못하게 하면 어떻게 될까

가장 많이 꿈꿀 시기에,
일 초도 꿈꿀 여유를 주지 않으면 어떻게 될까

가장 많이 사귈 시기에,
계속 옆 경쟁자와 있으면 어떻게 될까

이 기막힌 실험에
막힌 기운은
실험실마저 집어삼킨다. 반영구 마루타.

웃음

죽어버린 게마냥 축 늘어진 어깨

부러진 나무젓가락 같은 무릎

그게 태양인 듯한 스탠드 불빛과

밤을 지새운 탓에 칠판이 숨통을 하나둘씩 가로막어

까닥이며 다시 펜을 잡아보려 하지만

오른쪽 가운뎃손가락은 이미 너무 많이 눌려

11년의 필기 역사가 담겨버렸다

지겨운 눈물 대신

허공 속에 돌아다니는 키윽키윽 소리가

책 페이지 사이를,

책상 사이를,

교실 사이를 메우고,

유령은 한 번도 울며 다가오지 않았다

공부

내가 다니는 독서실 밑층
문 닫은 학원의
책상을 빼내는
얼룩한 옷을 입은
땀으로 가득 찬
아저씨의
검은 얼굴에서

티비에도 출연하셨다는 유명하고도 똑똑하셔서 내가 지난번 진찰을 위해 보러 갔더니 흰 가운에 무심한 듯 학회지를 읽고 계시던 흉부외과 교수님을 보았다

이를 악물며 서둘러 계단을 올라가는 실내에
무지의 영이 나를 비춘다

말뒤집기

시간은 금이다

아, 물론 금이 시간이 되는 곳에서만

사진밖에 안 남는다고?

그러다 정말 사진밖에 안 남는다

허공

내 집은 아파드 23층 꼭내기 집

불현듯 두둥실 대는 무게에 짓눌려 있다

콘크리트 위에서 자란 아이야, 숨이 가파오지 아니하느냐

아래를 보아라, 여리어 있는 그 비릿한 흙냄새를

그저 갈색빛 종이로 만나던 녀석아

바닥을 느껴라, 텅 비어있을 밑세계가 바스라짐을,

그저 평평한 판자로 만나던 녀석아

설상 저 멀리 산등성이를 어깨에 걸친다 해도

딱하다, 여전히 들이쉬는 공기는 가파르구나

빛

그나마 그를 들뜨게 하던

마지막 빛이 지나간 산조차 어둑해질 무렵

거리의 신호등

시청의 전광판

오른손의 휴대전화

교회의 십자가

모두가 빛을 내고 있을 무렵

그가 따져물었다.

우왕좌왕하는 사람들은 저마다의 빛을 지니고 사는데--

별 하나 보이지 않는 저 희여멀건 하늘 위에

굶주리는 달이 여리어 있다

이게 끝이냐고--

대지의 어느 것 하나 선명히 비추질 못하는 그 썰렁함에

다시 고개 숙이려는 그때,

울컥울컥 쏟아지는 기대

흐느끼며 건네는 인사

내가 당신을 보았습니다--내가 당신을 보았습니다--

설사 당신 덕에 본 새 햇빛이 당신을 가린다 해도

실루엣을 종이에 그려 간직하겠다는 다짐

책을 끝내며

이 주저리주저리 써낸 글을 모두 읽어주신 여러분은 대단합니다. 쓰고 싶다는 마음에서 출발했지만, 막상 쓰면서는 이런 저급한 글을 써도 될까? 이렇게 문장력 없는 사람의 글이 잘 읽힐까 하는 생각이 많이 들었습니다. 글 양이 점점 늘어나고 플래너 한 구석에 끄적거렸던 생각을 글로 써내려니 부담스러웠습니다. '생각한다'는 말에 이렇게 무겁고 책임이 따르는지 처음 알았습니다.

그렇다고 또 비난을 피하려 요리조리 도망갈 여지를 남기며 글을 쓰다 보니 자신이 부끄러웠습니다. 다시 성벽 안에 숨으려는 제가 보였습니다. 아무리 겉으로 꾸미려고 글에는 제

진짜 모습이 보이기 마련이니까요. 하지만 어쩌겠습니까? 쓰면서 배우는 거겠죠. 마치 이 글 전체가 그런 과정의 연속인 것처럼 말입니다.

더 두려운 것이 있다면 제가 후에 이 글을 읽고서 너무나 쉽게 수긍하지 않을까입니다. 그건 제가 지금으로부터 성장하지 않았다는 뜻이 아닐까요? 지금 20살의 제가 보는 세상이 전부라고 생각하지는 않았으면 좋겠습니다. 이 글처럼 저 역시 배움을 멈추지 않는 자세로 사회에 저 자신을 숨기지 않으려 노력하겠습니다.

이번 글을 통해 3년의 고등학교 생활에 대해 돌아보았지만, 결코 여기에 얽매이고 싶지 않습니다. 제 몸은 교복을 입고 있지 않은데, 마음이 교실에 있을 이유는 없으니 말입니다. 그렇기에 이 글을 어떤 의미에서 그런 미련의 끝이자, 새로운 시작이겠습니다.

사실 저는 입시 문제나 제2외국어 교육에 대해 별로 관심이 있는 사람이 아니고, 이에 대해 전문적으로 공부하고 싶은 마음도 지금은 없습니다. 다만 저는 제 생활과 그 주변에, 또 그러면서 든 생각을 표현하는 데에 대해 관심이 많을 뿐입니다.

많은 질문을 던지고 이에 대한 제 생각을 적으려고 했지만 결국 제가 남긴 것은 물음표밖에 없다는 것을 깨달았습니다.

이 수많은 질문에 대해 느낌표는 이 글을 읽는 여러분께서 채워주셨으면 좋겠습니다.

이 글은 아니었을 지라도 언젠가 쓰지 않으면 미쳐버릴 것 같을 때, 그럴 때가 오면 다시 긴 글을 쓰겠습니다. 끝으로 이 글을 쓰는 데 도움을 주신 모든 주위 분들께 고마움을 전합니다.

2020년 5월

최세윤

B급 외고생

발행 2020년 6월 1일

저자 최세윤

펴낸이 한건희

펴낸곳 주식회사 부크크

출판사등록 2014.07.15(제2014-16호)

주소 서울특별시 금천구 가산디지털1로 119 SK트윈타워 A동 305호

전화 1670-8316

이메일 info@bookk.co.kr

ISBN 979-11-372-0734-9

www.bookk.co.kr